BOUDDHA,
le roman de sa vie

KYRA PAHLEN

BOUDDHA,
le roman de sa vie

Traduit et adapté de l'anglais par
Édith Huygue

Titre original :
Buddha, the warrior prince
Basé sur un scénario de Kyra Pahlen et Joshua Sinclair

Ce livre est dédicacé à l'*au-delà*, Victor Pahlen et Erica Vaal.

PROLOGUE

En voyant le convoi avancer dans sa direction, elle pressentit qu'elle approchait de sa destination. Elle avait voyagé des mois, elle était dépenaillée, crottée, épuisée. Son cheval peinait. Et l'enfant qu'elle portait ne tarderait pas à naître. Elle poussa sa monture vers les hommes d'armes qui protégeaient une litière fermée et suivie de six femmes. Les armures des cavaliers et les vêtements des servantes étaient tous aux mêmes couleurs, et l'étrangère comprit qu'ils escortaient une dame du plus haut rang.

Elle s'adressa au soldat qui commandait l'escorte : « Mon nom est Lotus, je viens de la province de Ts'in et je désire rencontrer ta maîtresse. »

L'homme fut surpris, moins par les manières de celle qui l'abordait si directement, ou par ses traits fins et réguliers qui transparaissaient sous la poussière, que par son teint et ses yeux bridés. Le vétéran avait vu bien des pays et bien des races, mais cette femme était plus insolite, plus lointaine qu'aucune autre qu'il ait rencontrée. Elle avait demandé à voir sa maîtresse sans même s'inquiéter de son identité. La visiteuse ne mendiait pas, elle ne quémandait pas, elle semblait porteuse d'un message.

Le garde dépassa les servantes vêtues de dhotis rouge et or. Arrivé à la litière, il parla un instant à travers les rideaux et revint.

« Dame Maya, notre reine, épouse du roi Suddhodana des Shakyas, consent à te rencontrer. »

7

Lotus mit pied à terre et, à son tour, s'inclina devant le rideau qui s'entrouvrit. Elle releva la tête, croisa le regard de la reine, et, quand elle vit que la souveraine, assise les jambes croisées sur un amoncellement de coussins, attendait elle aussi un enfant, elle sut qu'elle touchait au but. Dame Maya était belle. De grands yeux gris-bleu, d'une couleur que l'on n'aurait pu imaginer au pays des Ts'in, une bouche rouge et pleine, ses cheveux en partie cachés sous un voile rouge. Maya regarda Lotus d'un air interrogatif. La reine n'avait jamais vu quelqu'un des contrées de l'Est, loin au-delà des montagnes.

« Mon nom est Lotus, je viens du pays Ts'in, j'appartiens à la noble famille Ma. J'ai longtemps voyagé et supporté bien des périls et des aventures. Il y a un instant, je ne vous connaissais pas, il y a quelques jours, j'ignorais presque l'existence de votre royaume, mais c'est une force qui m'a menée ici. Et me voici, poussée par quelque chose que je ne puis expliquer. »

La reine plongea son regard dans celui de l'étrangère, dont la présence lui semblait déjà rassurante, et elle répondit :

« Il y a des choses que savent les femmes et qui ne peuvent pourtant pas s'exprimer. Depuis un an, il se produit des événements étranges, et il m'est venu des songes pour annoncer la naissance de mon enfant. Ainsi, peu avant sa conception, j'ai rêvé qu'un éléphant blanc, sage parmi les sages, pénétrait dans mon corps. Maintenant, j'ai la certitude que ta présence est un autre signe favorable. Aussi, peu importe ce que comprend notre raison, Lotus, sois la bienvenue, reste avec nous. »

Lotus remonta sur sa jument et se joignit aux voyageurs comme si tout cela avait été convenu depuis longtemps. Le convoi reprit sa route. Il se dirigeait vers Lumbini, la ville que gouvernait le père de Maya et où elle voulait que naisse le futur prince.

Lotus accompagna donc Dame Maya à Lumbini, où elle découvrit les jardins qui faisaient la renommée de la ville.

Il y avait une multitude de saules et d'autres essences, des fruits mûrs pendaient aux branches des arbres les plus rares, des fleurs cramoisies et odorantes s'épanouissaient partout. Au centre des jardins s'étendait un vaste bassin couvert de plantes. Un jour, alors que Lotus et Maya flânaient dans le parc, la reine trébucha sur une racine. Elle tomba, poussa un cri, changea de couleur; ses yeux s'étaient dilatés: «Mon enfant est en train de naître.»

Lotus se pencha sur elle pour la rassurer et, avec l'aide des suivantes, la conduisit sous un grand arbre. «Saisissez fermement la plus haute branche que vous puissiez atteindre et suspendez-vous afin que le poids de l'enfant l'aide à descendre; maintenant, tranquillisez-vous: la naissance va se dérouler tout naturellement.» De fait, la délivrance fut étonnamment rapide et facile, si bien que la reine n'éprouva que de brèves douleurs.

Au moment où le nouveau-né poussait son premier cri, un vent violent, tout à fait inexplicable en cette saison, se leva pour retomber comme il était apparu. Les servantes, surprises de ce brusque souffle, empêtrées dans leurs voiles qu'emportait la bourrasque, tout à la joie et à la surprise de l'accouchement qui s'était déroulé si promptement, se regardaient sans trop savoir que faire. Plus tard, on reparla de ce phénomène, chacun y vit des présages extraordinaires. Certains racontèrent même que, ce jour-là, le garçon à peine sorti du ventre de sa mère avait marché en direction des quatre points cardinaux, ou encore qu'il était sorti de la hanche droite de Maya. Et il courut mille bruits sur l'enfantement merveilleux.

La reine comblée nomma son fils Siddharta, celui qui atteint le but. Le lendemain même de l'accouchement, elle repartit pour Kapilavastu, la ville de Suddhodana son époux. Lotus chevauchait à côté de la litière, surveillant l'enfant et la mère. Siddharta resplendissait. Par contre, quand Lotus observait le visage de la reine, un mauvais pressentiment s'insinuait en elle et les yeux inquiets de Maya fuyaient les siens, ce qui renforçait encore son malaise.

Pour distraire la reine, Lotus entreprit de lui raconter l'histoire de sa propre vie. Elle décrivit les montagnes du pays des Ts'in, les forêts, son climat chaud et humide. Elle parla aussi de la force qui l'avait poussée jusqu'à Lumbini.

Le récit de Lotus

Le chemin qui avait mené Lotus jusqu'à la cour de Suddhodana avait été long et difficile.

Elle était née quelque vingt ans plus tôt dans le grand pays des Ts'in, là où coule la rivière Wei. Ses habitants avaient peu de rapports avec les pays de l'Ouest ou du Nord. Ils considéraient tous ceux qui ne suivaient pas les lois du Fils du Ciel comme de vulgaires barbares.

Lotus était la fille d'un baron respecté : la famille Ma descendait de soldats-laboureurs et était connue depuis l'époque des Tchéou. Les Ma s'étaient distingués à la guerre et les soldats, devenus riches, avaient développé leurs affaires avec la même énergie qu'ils se battaient. À l'époque où Lotus naquit, la prospérité des Ma reposait sur le commerce et surtout sur celui de la soie. Leur renommée s'étendait jusqu'à Chang'an et même au-delà. Enfant, Lotus se glissait dans les cours et les ateliers de sa famille, elle aimait l'agitation qui y régnait, le bruit des chariots lourdement chargés, le cri des cochers, la frénésie des intendants qui vérifiaient chaque rouleau de tissu, et surtout les plus beaux destinés au Fils du Ciel. Ceux-là étaient de couleur jaune et de la soie la plus fine. Chaque fois qu'il acceptait un tel cadeau, l'empereur confirmait le statut de la famille Ma.

Devant ce spectacle, Lotus rêvait souvent des pays lointains où partaient les ballots : on racontait que ces contrées étaient froides, que les montagnes y touchaient les cieux, le

11

pays des dragons, et qu'il fallait traverser des déserts brûlants pour y parvenir.

Lorsque Lotus eut seize ans, elle tomba amoureuse du fils d'une autre famille honorable de Ts'in, les Wou. Elle aperçut Wou Xi pour la première fois lors d'une grande fête donnée par son père. Il concourait dans divers jeux et se mesurait aux autres jeunes gens dans des exercices de tir à l'arc et de lutte. Certes, il n'était pas le plus beau, et, malgré des traits agréables, il était plutôt petit et massif. Ce qui émanait de lui comptait davantage pour Lotus. Au regard de Wou Xi, à son attitude, chacun pressentait la volonté et l'intelligence vive qui habitaient ce corps solide ; d'ailleurs, ne le surnommait-on pas « Main de fer » ?

Lorsque Lotus demanda à son père de consentir à ce mariage, il acquiesça, heureux de pouvoir répondre aux vœux de sa fille et de lui donner pour époux un jeune homme de bien dont le caractère fort répondrait bien au sien. Le jour de la noce, quand elle monta dans la litière fermée qui la conduisait dans la maison des Wou, l'âme de Lotus exultait.

Cette période de bonheur fut brève, et le caractère de Wou Xi se révéla rapidement. Son surnom de Main de fer ne cachait pas seulement sa volonté mais aussi sa brutalité. Son autorité se transforma vite en tyrannie, et, en quelques mois de mariage, il ne subsista rien de la tendresse des premiers jours. Wou Xi ne montrait plus à la jeune femme que les manifestations brutales de son désir et était d'une jalousie maladive. Il accusait Lotus d'infidélité, ce qui était impensable et impossible de fait.

Si par hasard il faisait le doux, c'était pour en tirer avantage. Il reprochait à la jeune fille de vivre à ses dépens, alors que l'essentiel de leur fortune venait de sa dot. Lotus se plia d'abord aux volontés de Wou Xi, elle lui laissa même le bénéfice de ses biens propres. Elle s'associait au travail de son époux et leurs affaires prospéraient, mais il manœuvrait toujours pour garder tous les gains, minimiser la participation de la jeune femme, il s'efforçait de la tenir à son entière merci.

Lui s'occupait peu du culte de ses ancêtres, mais il reprochait à son épouse de ne pas vénérer la famille Wou. Pourtant, tous les jours Lotus honorait en même temps que Shang ti, le grand souverain mythique, tous les ancêtres de son mari. Elle renonça même publiquement à rendre le culte à ses propres aïeux ; mais ses nuits étaient tournées vers eux, ses prières montaient plus spécialement vers celle que l'on appelait Souffle de Grâce. Elle aussi avait connu toutes les souffrances d'un mariage insupportable avant d'atteindre un bonheur inespéré. C'était la déesse de la Chance et de la Piété ; Lotus trouvait refuge dans l'image de cette figure compatissante.

Elle pressentait aussi que viendrait un moment où cette vie odieuse changerait, et qu'un jour elle quitterait la maison des Wou, appelée par une force qui la mènerait en un lieu inconnu pour accomplir une mission dont elle ignorait encore la nature. Ce phénomène était déjà survenu dans sa famille, et plusieurs de ses ancêtres avaient éprouvé un besoin semblable et tout aussi inexplicable de se rendre en un lieu pour y être témoins d'un événement capital. La famille Ma considérait cela comme un don du Ciel.

Une année passa, puis une autre ; un jour Lotus s'aperçut qu'elle était enceinte et en même temps elle éprouva le besoin impérieux de partir vers un paysage inconnu qui hantait son esprit. Cela ressemblait à un vaste delta et elle savait que c'était là qu'elle devait aller.

Elle rendit visite à sa mère, se confia à elle. En écoutant sa fille, le front de la baronne Ma se plissa et ses yeux sombres s'élargirent. Son visage était triste et souriant en même temps, mais exempt d'inquiétude. Elle laissa parler Lotus jusqu'au bout, prit un temps, et joua avec les perles de la coiffe qui ornait ses cheveux noirs tressés avant de répondre enfin :

« Tu as ressenti cette force qui hante notre famille, et tu ne peux faire autrement : il faut suivre ta route. Ne sois pas inquiète parce que tu es enceinte, car la force qui nous oblige à partir te protégera pendant tout ton voyage. Ne confie pas ce secret à ton mari. Je sais par les servantes qui t'ont suivie dans la maison des Wou quelle est ta vie et la dureté de ton mari. Il ne pourrait pas comprendre ce qui t'arrive. Travaillons plutôt à organiser ton départ. (Elle se tut un instant avant de reprendre comme pour elle-même :) Je me demande pourquoi ma petite Lotus doit aller au-delà des pays civilisés. »

La mère et la fille échafaudèrent des plans pour le voyage. Il n'était pas facile en effet de persuader Wou Xi de partir en personne pour les pays barbares, et plus difficile encore de le convaincre de se laisser accompagner par son épouse enceinte.

Finalement, le père de Lotus offrit des ballots d'une grande valeur, exigea que la jeune femme suive le voyage et promit à son gendre de lui laisser l'essentiel des bénéfices. Muni de la précieuse soie de Chine, il faudrait traverser les montagnes et rejoindre les grands fleuves de l'Occident afin d'y acheter des pierres rares, des bijoux d'or, du verre.

La mère et la fille s'occupèrent elles-mêmes des trois chariots, courant du palais aux entrepôts, donnant des ordres aux serviteurs et aux ouvriers pour transporter les pièces d'étoffes de leurs réserves vers la caravane qui se formait, choisissant les serviteurs qui devaient accompagner le voyage. Des chevaux d'or étaient brodés sur les soies multicolores, se cabrant et bondissant entre les nuages et les océans, car c'était l'emblème des Ma qui rappelait leur origine militaire.

Le jour du départ arriva finalement, la mère et la fille se souriaient en silence, les derniers adieux étant toujours distants conformément à la coutume des Ts'in.

Pendant deux mois, la caravane avança vers l'ouest, mais il faudrait encore des mois avant qu'elle n'atteigne la vallée de l'Indus et, au-delà, le Grand Empire d'Occident où régnait, disait-on, un grand roi du nom de Cambyse.

Lotus et son mari allaient tantôt à cheval, tantôt confortablement assis sur des coussins dans la première des voitures tirée par les chevaux les plus vifs. Le couple se regardait avec acrimonie, le tête-à-tête imposé par le voyage rendant la vie de Lotus encore plus pénible : il n'y avait pas un de ses gestes, pas une parole dont Wou Xi ne tire un reproche, interprétant le moindre de ses regards.

Un jour, elle se réveilla en sursaut, la force qui l'avait menée dans cette aventure se faisait plus pressante. L'air était vif et le ciel lumineux, mais la jeune femme était habitée par un mauvais pressentiment. Elle était seule dans la voiture. Dans un coin d'ombre, presque dissimulé sous le chariot, Wou Xi profitait du sommeil supposé de sa femme pour s'accorder une jouissance intense et secrète : contempler, compter et recompter sa cassette personnelle. Tel était son secret. Il y avait bien longtemps que Lotus avait découvert cette manie d'avare, mais elle lui laissait ce plaisir en faisant semblant de tout ignorer.

Ce matin-là, Wou Xi s'aperçut qu'il était observé et se mit à hurler, accusant sa femme de l'espionner. Après lui avoir ordonné de se renfermer dans le chariot, il changea de place son cher trésor, comme s'il y avait une cachette sûre dans un convoi. Les autres membres de la caravane dormaient malgré les cris de Wou Xi ou préféraient faire semblant. Lotus, toujours incapable de s'habituer à cette ladrerie, eut un sourire de dépit : son père lui aurait donné bien des fois l'équivalent du trésor de son époux. Elle se retourna, toucha son ventre, pensa à son enfant et, à travers les bâches, regarda vers les montagnes pour oublier une nausée qu'elle sentait monter. Elle se leva pour prendre l'air, et se dirigea vers la voiture du milieu à laquelle étaient attachés les chevaux. Tous les matins elle avait pris l'habitude d'aller voir sa jument pommelée. La buée sortait des naseaux des animaux, et Lotus vêtue d'une légère tunique de soie rose frissonnait.

À ce moment, comme dans un cauchemar, elle entendit les hurlements des brigands tandis qu'elle discernait leurs silhouettes à flanc de montagne. Elle cria, mais déjà le camp était en effervescence, les hommes se jetaient sur leurs armes et les femmes tétanisées cherchaient où se réfugier. Lotus détacha sa jument et rapidement la mena vers une grotte qu'elle avait remarquée la veille à quelque distance des chariots. Passant à côté de son mari, elle essaya de l'entraîner mais il la repoussa brutalement : il voulait sauver les marchandises et son trésor.

Dans la grotte, Lotus se serra contre l'encolure de la jument : en dépit de sa peur, elle caressait l'animal pour l'apaiser. Elle entendit les cavaliers vêtus de fourrures dévaler en un galop infernal, elles les vit charger. Les hommes résistèrent un moment, puis, très vite, ce fut le massacre. Les bandits rassemblèrent les femmes au centre d'un cercle. Certains tournoyaient autour d'elles pendant que d'autres amassaient le butin. Les femmes savaient qu'elles faisaient partie de ce butin : les plus jeunes et les plus belles seraient concubines ou esclaves, les plus âgées seraient brutalisées, violées, achevées sur place, mais jamais aucune d'elles ne reverrait la terre des Ts'in. Dans son refuge, Lotus était pétrifiée ; ses larmes coulaient sans qu'elle les sente. Elle était étourdie par toute cette violence et par la mort, incapable de penser.

Il lui sembla que la scène durait une éternité avant que le chef des bandits ne mette fin à la ronde cruelle. Ses hommes avaient déjà détaché les chevaux, chargé les précieux rouleaux de soie et jeté les survivantes en travers de leurs montures. C'est alors que Lotus aperçut Wou Xi au milieu du groupe. Il était ligoté, mais n'avait rien perdu de sa superbe ni de son regard dur. Les brigands pouvaient en espérer une forte rançon, puisque ses vêtements et son comportement le désignaient comme le maître du convoi et donc de famille riche. C'est cela qui lui avait valu la vie sauve. Lorsqu'ils commencèrent enfin à s'éloigner, Wou Xi se retourna, ne regardant pas le camp ruiné mais la grotte, et lança très haut : « Je reviendrai. » Les chevaux reprirent leur galop et disparurent derrière la montagne.

Lotus implorait silencieusement la déesse Souffle de Grâce et la remerciait de l'avoir protégée. Elle resta cachée tout le jour. Au crépuscule, elle tira sa jument par la bride et revint au camp. Tout d'abord, elle couvrit les corps dénudés des femmes. Les vautours affamés commençaient à survoler les cadavres. Elle prit soin des morts. Elle était la seule survivante, et il lui revenait de donner la paix aux esprits et, pour cela, elle devait brûler les corps. Elle les entassa le mieux qu'elle put, les recouvrit de tout le bois qu'elle parvint à rassembler et alluma ce pauvre bûcher. Puis elle retourna se cacher dans la grotte autant pour se protéger d'un éventuel retour des brigands attirés par la lueur que pour fuir l'odeur âcre des corps en train de brûler. Lotus passa la nuit toujours serrée contre sa jument. Au matin elle retourna au camp, inspecta ce qui restait des voitures et réussit à en extraire deux ou trois vêtements, un peu de nourriture et quelques gourdes d'eau. Elle fut très étonnée de retrouver la cassette où Wou Xi cachait son trésor, et comprit que les derniers mots du captif s'adressaient à elle non pour qu'elle l'attende, mais pour qu'elle prenne soin de la cassette. Elle éprouva un profond dégoût pour son époux qui, au pire moment, ne pensait encore qu'à son or. Cet or, elle s'en souvenait, était aussi le fruit de son travail : Wou Xi avait tiré profit de ses efforts et de sa dot non pas pour sa famille comme il l'aurait dû, mais pour son seul usage égoïste. Elle décida de récupérer la part qu'elle estimait juste et de laisser le reste pour Wou Xi s'il revenait un jour, ou sinon que les oiseaux le prennent.

Elle resta longtemps encore hébétée, rêvant de sa vie passée, quand sa jument lui donna de petits coups de tête, comme pour l'obliger à avancer. Il lui fallait continuer son chemin.

Son ventre s'alourdissait tandis que passaient les jours et qu'elle chevauchait toujours guidée par la force qui lui avait fait quitter le pays des Ts'in. Elle ne s'arrêtait dans les villages que pour acheter un peu de nourriture, fuyant la compagnie des hommes, écrasée par le chagrin et incapable de distraire ses pensées du massacre de ses compagnons. Sa monture était sa seule amie : elle lui racontait sa vie, sa famille, elle lui parlait de son enfant à naître, elle pleurait contre sa tête et l'animal restait immobile comme s'il écoutait. La nuit elle s'arrêtait épuisée et sombrait dans le sommeil, blottie contre le ventre chaud de sa jument. Ce fut une de ces nuits qu'elle sentit bouger le ventre de l'animal et qu'elle réalisa que la jument attendait un poulain ; elle y vit un signe. Peu à peu Lotus s'éveilla du cauchemar dans lequel elle vivait depuis le massacre. Le matin, lorsqu'elle se lavait dans les lacs ou les rivières et qu'elle peignait ses longs cheveux, il lui arrivait de chanter pour elle, pour son enfant, pour la jument. Elle commençait à éprouver du plaisir à traverser les paysages grandioses. Son âme retrouvait lentement la paix. Elle pensait de plus en plus à l'enfant qui allait naître. Lotus contemplait souvent la lune, mais, un soir où la jument avait posé sa tête sur l'épaule de la jeune femme, la lune lui parut étonnamment pleine et brillante.

« Ce sera un fils, il s'appellera Chandaka, le conducteur, et comme moi je suis sûre qu'il éprouvera cette même force qui me pousse maintenant et qu'il saura être présent là où il faut. » Elle regarda tendrement la jument qui l'avait menée jusque-là, comme si l'animal aussi était un instrument au service de cette force et comme s'il connaissait le chemin. « Faisons un pacte, lui dit-elle, continue à me conduire là où je dois aller et je te promets que ton poulain grandira près de toi et qu'il aura pour maître le plus doux et le meilleur des cavaliers. » Dans la pénombre il lui sembla que la jument clignait des yeux.

Il y avait sept mois qu'elle voyageait lorsque Lotus pénétra dans le domaine des Shakyas, toujours poussée par la force qui lui avait fait quitter son pays, et elle se dirigeait vers Lumbini lorsqu'elle avait aperçu le convoi de la reine Maya. Quand le garde lui avait révélé l'identité de la voyageuse, le cœur de Lotus avait battu si fort qu'elle en avait été tout étourdie. Elle savait maintenant que son voyage était achevé.

Quand Lotus eut fini son récit, le convoi arrivait en vue de Kapilavastu. Dès l'arrivée au palais, Maya s'alita. Le roi se précipita pour voir la jeune mère mais, en traversant le quartier des femmes bizarrement silencieux, il fut saisi par l'inquiétude. Quand il pénétra dans les appartements de son épouse exsangue et fiévreuse, l'expression de Lotus confirma ses pires craintes. La reine lui dit qu'il était inutile d'appeler tous les guérisseurs de la région et qu'elle ne voulait d'autres soins que ceux de Lotus. En elle seule elle aurait confiance. Cela fut demandé d'un tel ton que Suddhodana se retira et laissa faire comme le voulait la malade.

Elle ne quitta plus sa couche, veillée par Lotus. Au pays des Ts'in, cette dernière avait appris le secret des plantes, celui des forces de la nature, elle s'était initiée à la médecine, mais contre le mal de la reine, dont la fièvre montait sans répit et qui souffrait, elle en était certaine, d'une infection invisible, il n'y avait rien à faire si ce n'est soulager la douleur. Maya sentait la vie qui la fuyait, et seule la soutenait encore la pensée de Siddharta. Elle n'ignorait rien des intrigues de la cour et savait que personne ne protégerait l'enfant de la jalousie des autres femmes. Elle connaissait Lotus depuis peu, mais ne doutait pas qu'elle serait la seule capable d'aider le jeune prince. Confiante en la fidélité de sa nouvelle amie, la reine pouvait mourir en paix et, en retour, Lotus accepta sa mission. Le serment en fut solennellement prononcé en présence du roi : « Je promets que mon fils guidera le tien, il le mènera là où il aura besoin d'être. Le poulain de ma jument le portera jusqu'à ce qu'il soit devenu un homme et je ne le quitterai pas non plus. Tu peux rejoindre le royaume des cieux, laisse le dragon t'emporter. Je prends soin de ton fils. Va, Maya. » Quand Lotus ferma les yeux de la reine, Siddharta avait sept jours.

Un mois après son arrivée au palais du roi Suddhodana, le fils de Lotus naquit à son tour et reçut le nom de Chandaka.

Siddharta et Chandaka grandirent donc ensemble avec

Ananda, le cousin de Siddharta, le fils de Mahaprajapati, «Grande Sagesse», la sœur de la reine Maya. Et, comme convenu, Lotus donna à Siddharta le poulain de sa jument.

Selon la tradition, quelques mois après sa naissance le jeune prince fut conduit dans la clairière sacrée pour être examiné par le sage Ajita. Le roi Suddhodana menait le cortège jusqu'à la lisière du lieu saint. C'était un amphithéâtre situé entre la forêt et la montagne. En son centre une pierre unique, dans laquelle était creusé un trône, était appuyée à un arbre également unique, un énorme pommier rose qui perdait ses pétales. Au loin l'Himalaya se détachait sur un ciel particulièrement pur ; le monarque y vit un heureux présage. Suddhodana était âgé d'un peu plus de vingt ans et sa prestance était reconnue de tous, mais la dhoti rouge qui ceignait ses reins, le châle de laine fine qui couvrait ses épaules, les joyaux d'or et de rubis dont il était paré soulignaient la noblesse naturelle de son allure. À ses côtés Asvapati, le chef des brahmanes, faisait contraste par la sobriété de son vêtement blanc. Sur sa poitrine nue se croisaient les deux bandes de coton blanc, symbole des initiés, comme on les appelait, des «deux fois né». Il était bien plus âgé que le roi, c'était un homme pieux et de caractère généralement agréable. Il n'avait pas l'arrogance de beaucoup des membres de la caste sacerdotale qui s'étaient octroyé d'immenses privilèges tant ils étaient craints de tous et parfois même des rois. Asvapati était un saint homme qui n'abusait pas des avantages de sa caste. Suddhodana, au fond, l'aimait bien, et le prêtre parvenait même à tempérer le caractère fougueux du jeune monarque. À leur gauche, Mahaprajapati, sœur de Maya et comme le voulait la tradition seconde épouse du roi des Shakyas, portait Siddharta. Ce jour-là, elle remplaçait la reine, Lotus se tenait à côté d'elle. Tout autour la cour formait une assemblée bruyante et joyeuse.

Tout à coup il se fit un profond silence, même les oiseaux se turent. Le sage Ajita arrivait du côté opposé au roi et à sa cour. C'était un personnage sans âge à l'allure hiératique, il marchait comme s'il flottait au-dessus du sol. Il venait de la montagne où il s'était retiré il y a bien longtemps. «Bienvenue à toi, oracle Ajita. Moi, Suddhodana, roi des Shakyas, je viens te présenter mon fils Siddharta selon la vieille loi de Brahma.» Asvapati prit l'enfant et alla le déposer sur le trône de pierre, il s'inclina devant le vieux sage qui lui rendit son salut.

Ajita se tint d'abord devant le trône, il enroula autour de ses mains noueuses les najas jumeaux qui étaient croisés sur sa poitrine, ces reptiles symbolisant le soutien donné par la terre mère au seigneur Parshva.

Puis il prit le jeune prince, l'éleva haut devant lui et le présenta solennellement au soleil. L'enfant fixait l'oracle, étonnamment sérieux. Le vieil homme le regarda, examina avec une grande attention chaque détail de son corps, puis il se tourna vers la foule :

«Siddharta est parfait. Réjouis-toi, ô roi Suddhodana, ton fils est destiné à devenir un Chakravartin, un monarque universel, tous les rois lui obéiront», puis l'expression de l'oracle changea, ses yeux se remplirent de larmes. Ni Asvapati, ni le roi, ni personne de la cour ne comprenait.

«Qu'y a-t-il, Ajita?»

– Roi Suddhodana, ton fils porte tous les points distinctifs de la perfection, les trente-deux majeurs et les quatre-vingts mineurs qui lui permettront de devenir un Chakravartin; mais il est dit aussi qu'un enfant doit naître le matin de la pleine lune du mois de Vaiçak dans l'année de Bakta, et que cet enfant portera tous les signes de la perfection et qu'il deviendra le Bouddha, l'Éveillé, celui qui trouvera le remède aux afflictions de l'humanité. Je pleure de ne pas vivre assez pour voir cette merveille.»

Le roi eut du mal à contenir son émotion et la colère qui montait en lui à l'idée que son fils puisse se faire moine. Un grand roi, un Chakravartin, voilà ce que disait l'oracle, mais un moine, un homme de la religion, jamais Suddhodana n'accepterait cela, son fils régnerait et donnerait au clan des Shakyas leur plus grand chef, pour lui succéder il aurait une myriade d'enfants. Un instant, il soupçonna que cette prédiction était une ruse des brahmanes pour accroître leur influence. Mais la droiture d'Ajita était proverbiale et il ne se serait jamais prêté à ce jeu.

« Qu'as-tu encore à m'annoncer, homme sage ?

– Rien de plus. Je ne puis te dire quelle voie choisira ton fils ; simplement s'il choisit la voie de l'Illumination, Brahma lui-même et tous les dieux à sa suite se prosterneront devant lui. Mais il distribuera tous ses biens, laissera sa maison, son père, sa famille, son royaume. Le temps venu, quatre signes lui apparaîtront et le mèneront à son destin.

– Assez ! interrompit le roi. Que tous les sages et les brahmanes retournent à leurs prières ! Mon fils est né pour être roi et il le sera. »

Le visage d'Ajita était plein de douceur et de compassion, il prit l'enfant qui était resté serein sur le trône de pierre et le tendit au roi avec une extrême douceur.

La cérémonie était terminée. Le roi jeta un dernier regard au vieillard et ressentit tout le pouvoir du saint homme. Le roi avait peur de cette puissance mais balaya ses craintes. Si son fils portait tous les signes de la perfection, ce serait pour être roi.

Suddhodana tourna la bride de son cheval et donna le signal du retour au palais. Il éperonna sa monture et en moins d'une heure le cortège atteignit les tours de guet qui dominaient l'énorme mur d'enceinte de Kapilavastu. Ils traversèrent la ville, d'abord les rues sinueuses et étroites, bordées d'entrepôts, puis le quartier des artisans, où chacun à l'approche du cortège royal sortait sa marchandise et essayait d'attirer l'attention des nobles, enfin ils passèrent dans le quartier où vivaient les négociants. Toutes les familles, enfants, petits-enfants, parents, serviteurs, sortaient pour souhaiter heureuse et longue vie au prince héritier.

Le roi les regardait sans se faire d'illusions. Certes, tous ceux-là l'aimaient et le révéraient, mais le souverain n'était pas toujours le plus puissant en son propre royaume. Il devait défendre son pouvoir, contre les kshatryas, la caste des guerriers, et surtout contre les brahmanes qui se croyaient investis de tous les pouvoirs et qui dans des pays voisins avaient réduit le roi à un simple rôle de représentation ; ici, le peuple se méfiait des brahmanes et considérait Suddhodana comme son protecteur.

Arrivant au palais, le roi mit pied à terre et se hâta à travers les corridors et les appartements. Laissant sa cour derrière lui, il demanda à Asvapati de le rejoindre et grimpa le grand escalier de la tour du palais.

Parvenu tout en haut, à plus de cent pieds du sol, il sourit ; c'était un endroit qu'il aimait, de là il pouvait contempler son royaume, les terres fertiles, la jungle épaisse qui s'étendait vers le sud et au nord les sommets neigeux de l'Himalaya. À l'est et à l'ouest, l'immense pleine du Gange. Là, il avait souvent rêvé au pays qu'il laisserait à son fils, et aujourd'hui l'oracle était venu lui annoncer que ce fils ne régnerait peut-être pas et qu'ainsi il n'y aurait plus personne pour agrandir son royaume ni même pour le protéger de ses deux grands voisins, le Kosala au nord et à l'ouest et le Magadha au sud et à l'est. Les Shakyas avaient besoin d'un souverain fort.

« Asvapati, dit le roi en montrant tout l'horizon, mon fils doit devenir le souverain des seize royaumes. »

Le brahmane ne répondit pas et se contenta de sourire paisiblement.

CHAPITRE 1

L'enfance d'un prince

L'enfance de Siddharta fut celle d'un kshatrya et plus encore d'un fils de roi. Conformément au serment solennel fait à la reine Maya, Lotus veilla sur le prince. Avec ses compagnons, il demeura au gynécée jusqu'à l'âge de sept ans. Une brahmane assistait la jeune femme et donnait aux enfants leurs premiers enseignements. Ensemble, ils apprirent les rudiments de l'arithmétique, de l'écriture et de la religion pratiquée dans le nord de l'Inde avec son panthéon profus et divers. La sage pédagogue leur racontait les légendes des dieux et des hommes, les familiarisait avec Indra, Varuna ou Mithra, leur disait comment leurs ancêtres étaient venus des grandes steppes du Nord et de l'Ouest avec leurs chevaux et leurs chariots des siècles auparavant pour s'installer tout au long du grand fleuve.

Le jeune prince montrait des dons étonnants, très vite il devança ses compagnons : apprendre était un plaisir, sa curiosité sans borne comme son opiniâtreté à résoudre les problèmes les plus ardus.

Cette aptitude à l'étude aurait pu inquiéter Suddhodana qui savait que son fils devait être un homme d'action, mais Siddharta se montrait tout aussi fougueux dans les activités physiques et les jeux. Très jeunes, les enfants apprirent à monter à cheval et à dos d'éléphant. Ils furent aussi initiés à la lutte et au tir à l'arc. Dès le premier jour, Siddharta se passionna pour cet exercice. Il aimait tendre la corde, retenir sa respiration, laisser partir la flèche en s'imaginant que c'était lui-même qui fondait vers la cible et devenait la flèche. Chandaka et plus encore Ananda étaient brouillons, s'énervaient facilement et, naturellement, atteignaient le but moins souvent. Là encore, le fils de Suddhodana surpassait ses compagnons par son habileté. Il excellait même dans la connaissance de l'étiquette qui régissait la cour.

Lorsqu'il quitta les appartements des femmes, il en savait assez pour entreprendre la deuxième étape de son éducation ; il devait maintenant fréquenter les hommes, et plus spécialement les kshatryas. En même temps il continuait à apprendre l'histoire de son peuple, les mathématiques, à observer le ciel, et à se perfectionner aussi en musique, en pratiquant la vina et la flûte dont il jouait très bien.

Pendant cette période, le roi veillait avec le plus grand soin à développer les activités qui devaient faire de Siddharta un grand kshatrya. Suddhodana était toujours hanté par l'oracle du sage Ajita. Aussi écarta-t-il autant que possible les religieux de l'entourage du jeune prince. Quand il ne pouvait faire autrement, le roi s'arrangeait pour que l'un de ses fidèles assiste aux entretiens et, si besoin, rappelle le brahmane à l'ordre. Plus tard, Siddharta devrait se méfier de ces gens comme son père et, plus encore, savoir se préserver de leur influence.

Siddharta prenait toujours autant de plaisir aux exercices physiques, et, à la pratique de l'équitation, il ajouta la conduite du char. Maintenant le jeune prince accompagnait son père à la chasse. Cet art était par excellence celui que les kshatryas pratiquaient avec le plus d'entrain quand ils n'étaient pas à la guerre. Tout autour de Kapilavastu ils pouvaient poursuivre leurs proies, les daims rapides, tirer les oiseaux au vol, et, en s'enfonçant dans les forêts, ils pouvaient aussi chasser le tigre, le mangeur d'hommes. Siddharta suivait la chasse pour complaire au roi, mais évitait s'il le pouvait d'assister à la mise à mort. Cet habile archer manquait toujours les cibles vivantes. Il restait facilement en arrière avec Asvapati, et préférait mille fois écouter celui-ci lui décrire les plantes et lui expliquer leur utilité.

Quand il atteignit sa onzième année, Siddharta reçut le cordon de chanvre des kshatryas, ce qui signifiait que lui aussi était désormais initié et était ainsi deux fois né. Ce fut Asvapati qui célébra le grand rite de l'upanayana, ce fut lui qui lui murmura : « Pensons à l'adorable splendeur du dieu Savitri, afin qu'il inspire nos esprits. » Maintenant, n'en déplaise au roi, son fils devait acquérir la connaissance des Veda. Après seulement il serait un homme complet et pourrait se marier... Il fallait lui donner un maître, un gourou qui l'entraînerait sur les voies du savoir. Pour Suddhodana ce fut un choix très difficile, il ne voulait pas que son fils devienne un outil dans la main des brahmanes. Il ne voulait surtout pas que son fils embrasse l'ascétisme avant d'avoir accompli toute les étapes de la vie. Quand il serait très vieux, qu'il aurait été un grand roi, qu'il aurait assuré une nombreuse lignée et que celle ci serait elle-même en mesure de gouverner et de prolonger sur les royaumes voisins la puissance des Gautama, la famille dont il descendait et qui régnait sur les Shakyas, alors, oui, à ce moment enfin Siddharta pourrait partir dans la forêt ou dans la montagne, devenir un vénérable ermite, se détacher des biens de ce monde, acquérir des mérites et se préparer à quitter cette terre pour ne plus penser qu'à l'élévation de son âme qui se réincarnerait bientôt sous une forme supérieure, conformément à la loi du karma. Suddhodana lui-même agirait probablement ainsi quand il aurait les cheveux blancs et que Siddharta lui aurait assuré une nombreuse descendance. Telle était la règle. Mais avant que ne se déroulent tous les âges de la vie, il ne saurait être question que le descendant des Gautama devienne moine.

Fort de toutes ces considérations, Suddhodana manda son fils chez un savant ermite du nom de Mahabali et curieusement surnommé le « Renégat ». Il était arrivé quelques années auparavant chez les Shakyas, demandant l'autorisation de s'établir dans les ruines de l'ancienne citadelle. Le site était impressionnant tant la végétation avait envahi les vieux murs : tout semblait moussu. Mahabali aimait cet endroit isolé. Avant de se réfugier là, il avait été un ascète errant, avait fréquenté les grands centres du Savoir, avait étudié non seulement les Veda, mais aussi les disciplines annexes. Il était un maître mathématicien et astrologue. Pour approfondir ses connaissances, il était allé au-delà de l'Indus jusqu'à Pasagarde à la cour de Cambyse et de son fils Cyrus. Il y avait rencontré beaucoup d'étrangers ; certains venaient du pays de pharaon, d'autres du pays des Hellènes où avaient cours de nouvelles théories sur la composition de l'Univers inspirées disait-on aussi des anciennes sciences de la Mésopotamie. Chacun prétendait découvrir l'élément qui était à la base de l'univers : l'eau, l'air. L'un d'entre eux, du nom d'Anaximandre, disait même que les dieux n'était pas à l'origine de tout. Mahabali avait été tenté de rejoindre ces Hellènes qui osaient remplacer les dieux par les forces de la Nature. Il se souvenait de cet épisode de sa vie comme d'une période heureuse et intense. Les sages de la Perse venaient le consulter pour savoir ce qu'il y avait au-delà de l'Indus, lui leur offrait les connaissances de son pays, et tous se plaisaient à perfectionner leurs savoirs, à comparer leurs panthéons, dont les dieux parfois se ressemblaient ; Dyaus des Veda, le dieu du Ciel, l'époux de la Terre, est bien proche du Dyaosh, le Ciel des Perses, divinité qui ressemble elle-même au Zeus des Grecs.

Pendant son séjour, Mahabali avait découvert avec beaucoup d'intérêt les mages de la religion d'Ahura Mazda, le Maître Sage, l'autre nom de Dyaosh. Peu d'années avant son passage, un grand prophète du nom de Zoroastre avait rénové la vieille religion, il ne croyait qu'en un dieu, Ahura Mazda, le dieu du Bien en face duquel se dressait le Mal, l'œuvre d'Ahriman. Le prophète prêchait la douceur envers toutes les créatures, condamnant violemment les sacrifices sanglants. Chaque être humain devait devenir un soldat du Bien qui à la fin des temps dominera le monde. Chacun avait ainsi un rôle important dans le destin collectif. Mahabali pour sa part leur racontait la doctrine qui guidait son peuple. Il leur parlait de l'âme de chacun, et de l'âme universelle, de la métempsycose, et enfin du moment ou l'âme individuelle se fond dans le grand tout et trouve ainsi son salut.

Mahabali demeura dix ans à Pasagarde, puis il reprit sa route vers le sud pour transmettre aux sages de son pays les connaissances qu'il avait acquises. Il s'arrêtait en chemin, professait son enseignement pendant une saison parfois à de jeunes étudiants, fils des kshatryas ou des brahmanes, mais plus souvent aux brahmanes eux-mêmes mieux formés pour le comprendre. Ses leçons déconcertaient, et si tous appréciaient ses connaissances scientifiques, dès qu'il abordait le domaine religieux, les brahmanes le suspectaient d'hérésie. De plus Mahabali était intransigeant, et nombre de ses disciples l'abandonnaient à moins qu'il ne les chasse. Bientôt il devint célèbre à travers toute l'Inde du Nord sous le nom de Mahabali le Renégat. On le respectait pour son savoir, mais on le soupçonnait pour ses idées.

Comme Suddhodana n'était nullement un esprit religieux, il apprécia très vite Mahabali à sa juste valeur. Sa méfiance envers les rituels sanglants des brahmanes, son refus des superstitions, son intégrité et son désintéressement, sa réputation de scepticisme, tout cela rassurait le roi. Il savait qu'en confiant à l'ascète l'éducation du prince son fils serait éduqué sagement et dignement. Lorsque le souverain lui avait demandé de prendre Siddharta sous sa garde, le sage avait hésité. Même pour complaire à son protecteur, il ne voulait pas faire d'exception à la règle qu'il s'était fixée, ni accepter un élève qui réclamerait tant de soins que cela perturberait ses propres méditations. Il voulait continuer à réfléchir à certains problèmes de mathématiques, de médecine et d'astrologie. Les brahmanes qu'il avait fréquentés lui avaient déjà fait perdre trop de temps. Sinon, mieux valait reprendre ses pérégrinations.

Mahabali avait déjà eu quelques élèves dont aucun n'était resté plus d'un mois. Sa patience était en mesure inverse de la puissance de son esprit. Cette puissance rayonnait de tout son être à un point tel qu'il semblait plus grand et imposant que tout le monde, y compris le roi. Parmi les brahmanes, Asvapati, le sage conseiller de Suddhodana, fut un des rares à approuver le choix de son seigneur. Il pressentait quel profit le jeune prince si magnifiquement doué tirerait des enseignements d'un précepteur comme Mahabali, fût-il le Renégat.

Ce fut donc Asvapati qui conduisit Siddharta auprès de son futur gourou. Il y avait une heure de cheval entre Kapilavastu et la vieille citadelle. Pendant le trajet, Asvapati raconta un peu à l'enfant qui était celui qui l'instruirait et ce qu'il allait lui faire découvrir, insistant particulièrement, en tant que religieux, sur l'étude des Veda que tout homme noble ou sage devait maîtriser au moment de son passage à l'âge adulte. Des quatre Veda, le jeune prince devrait au moins en connaître un. Ces textes comportaient des milliers de vers. C'était la doctrine sacrée révélée, qu'il fallait savoir réciter mot pour mot. Partout de vénérables gourous enseignaient aux jeunes nobles ces textes sacrés.

Asvapati était anxieux, mais Siddharta gardait son calme coutumier, tout juste impatient de rencontrer cet homme étonnant avec qui il allait passer de longs mois.

Ils pénétrèrent dans les ruines et avancèrent vers la tour centrale, la plus haute et la mieux préservée des constructions de l'ancienne citadelle.

Mahabali avança vers eux, imposant, grand et sec, ses yeux sombres paraissant encore plus noirs à cause d'épais sourcils en forme d'ailes de corbeau. Asvapati s'inclina profondément devant le maître et prononça la petite allocution qu'il avait préparée en chemin :

«Mahabali, voici Siddharta, le descendant des Gautama, les nobles kshatryas. Son père Suddhodana, roi des Shakyas, m'a chargé, moi Asvapati, chef des brahmanes et son conseiller, de mener à toi le prince qui un jour régnera sur ce royaume. Jusqu'à ce jour, il a été élevé suivant la tradition, et sait tout ce qui convient à un jeune kshatrya avant de rentrer auprès d'un maître. Son esprit est plus vif et agile que celui d'aucun autre enfant de son âge. Acceptes-tu de prendre Siddharta pour élève ?»

Mahabali s'inclina à son tour :

«Que Siddharta soit mon élève, que je lui enseigne les Veda, mais aussi toutes les autres sciences que doit connaître un homme de son rang. La réputation de son intelligence prometteuse m'est parvenue. Je sais aussi pourquoi le roi m'a choisi pour être son instructeur. Dis-lui donc, sage brahmane, que je prends son fils en charge comme il le désire : je serai son gourou. Mais dis aussi au roi que si l'enfant est incapable de suivre mes leçons je le renverrai au palais, et que moi je reprendrai ma route, comme il en a été convenu lorsque Suddhodana m'a choisi pour cette tâche. Il en sera ainsi jusqu'à ce qu'il atteigne l'âge viril.»

Chacun savait qu'aucun n'élève n'était resté longtemps avec Mahabali, dont la patience et l'indulgence n'étaient assurément pas les qualités dominantes.

Au fond de son cœur, l'ascète était heureux que le roi lui ait confié l'éducation de son fils, non tant pour l'honneur que cela représentait, mais aussi à cause de la flatteuse réputation de l'adolescent qu'il avait croisé une ou deux fois, et surtout à cause de l'oracle du vénérable Ajita.

Les premiers jours Mahabali ne demanda rien à l'enfant, se contentant de l'observer. Presque tous les élèves qu'il avait eus soutenaient mal son regard perçant, et s'impatientaient de l'inactivité qu'il leur imposait. Siddharta, lui, se contenta d'observer en retour le maître, suivant ses allées et venues, intrigué et attentif comme s'il comprenait qu'entre lui et le vieillard devait s'établir un code et que le silence en faisait partie.

Mahabali était secrètement ravi : le fils du roi se révélerait peut-être un véritable disciple digne de recevoir les clefs de la connaissance et de s'initier aux secrets de l'Univers ; lui, Mahabali, l'astrologue, le cosmologue, le physicien, montrerait à l'enfant les merveilles et les lois de la Nature. Mahabali, l'alchimiste, le médecin, le connaisseur des plantes et de leur pouvoir, lui parlerait des dieux et des mythes, et lui transmettrait toutes les sciences qui permettaient de comprendre les Veda, la récitation et la prononciation, la métrique et la prosodie, la grammaire, l'étymologie des mots et l'explication des phrases difficiles, l'astronomie, les sciences sacrées et le rituel. Ainsi fut fait, et chaque jour il s'émerveillait des progrès de l'enfant.

À ces disciplines ardues, Mahabali ajouta la pratique des arts. Il approfondit avec Siddharta l'enseignement de la musique, lui montrant comment, au-delà de l'agrément qu'elle procurait, elle exerçait un véritable pouvoir sur les esprits. Il décrypta les danses, les différentes positions de la tête, du corps, des mains, il lui montra comment tout cela composait une langue précise et stricte, et comment cette langue pouvait tout dire, y compris les légendes les plus anciennes.

La matière que préférait professer Mahabali était sans doute l'astronomie. Il sut passionner Siddharta pour la course du monde, la position de chaque étoile et de chaque planète, lui montrer combien une planète est différente d'une étoile, lui apprendre à lire dans le ciel et à calculer les mouvement des astres, donc de la vie.

De loin en loin, Suddhodana, toujours soucieux que son fils devienne un grand roi et uniquement un grand roi, s'informait des leçons qu'il recevait, et toujours il était satisfait. Quand Siddharta atteignit sa quinzième année, il surpassait en sciences tous les garçons de son âge. Non seulement il maîtrisait parfaitement les quatre Veda, alors que les jeunes kshatryas n'en apprenaient souvent qu'un, mais il savait l'histoire de son peuple ainsi que les sciences. À ce stade, il aurait pu rentrer chez son père et s'initier progressivement à l'art de gouverner son royaume.

Mais Mahabali voulait encore accompagner un peu Siddharta sur les chemins du savoir. Il ne désirait plus lui apprendre des choses, mais l'amener à penser par lui-même. Le roi lui accorda encore un an, jugeant que tout ce que le prince gagnerait en esprit critique l'aiderait à résister aux influences des brahmanes. Ainsi fut-il.

Dans l'enceinte de la citadelle se dressait un bâtiment pyramidal dans lequel Siddharta n'avait jamais pénétré. Lorsqu'il posait des questions, Mahabali, de coutume bienveillant, le rabrouait et répliquait que c'était là qu'il menait un travail majeur qui était peut-être le but de son existence. Le sage passait dans le bâtiment des jours entiers et plus de nuits encore, comme le montrait la lueur de sa lampe. De temps en temps il s'échappait du refuge une musique étrange, mécanique, d'autres fois Mahabali jouait simplement de la flûte, laissant son âme s'échapper vers les montagnes avec le son de l'instrument. Un jour que Siddharta lui avait demandé comment il parvenait à tirer tant de beauté d'un instrument aussi simple, Mahabali lui avait répondu : « Cette musique n'a pas besoin d'être enseignée, elle est à l'intérieur de chacun de nous. Cette beauté nous relie aux dieux. Prends ta flûte et apprends toi-même comme le fit Brahma lorsqu'il créa l'Univers. » Mahabali sortit sa flûte du coffret de santal où il la tenait enfermée et la tendit à l'enfant. Telles étaient les leçons de Mahabali, le guide.

Lors de son arrivé à la citadelle, Siddharta pratiquait déjà quelques instruments, mais c'est Mahabali qui lui avait montré une autre dimension de la musique. Elle était devenue un langage véritable que, très vite, maître et disciple utilisèrent dans les moments importants. Elle ne remplaçait pas toujours les mots, mais par elle leurs esprits communiaient.

Un après-midi, alors qu'il terminait quelques exercices, Siddharta entendit la flûte : des notes brèves lui firent lever la tête. Il se replongea dans ses travaux, mais l'appel reprit, plus insistant. Il savait que Mahabali était dans la pyramide ; tout d'abord, il crut que le gourou plaisantait, mais la musique répétait inlassablement le même thème, comme une invitation à venir le rejoindre. Le prince se dirigea vers la pyramide. Il ne connaissait le bâtiment que d'assez loin, et n'avait jamais dépassé l'entrée du chemin qui y menait, car Mahabali lui avait interdit de pénétrer plus loin. Parvenu à l'arbre qui marquait le début de l'allée il s'arrêta, pensant que son maître viendrait le rejoindre ici. Mais la musique continua de l'appeler, il n'y eut alors plus de doute : il était invité à la pyramide, au cœur du domaine interdit.

À mesure qu'il s'approchait, il s'aperçut que l'édifice qu'il imaginait lisse et sombre était creusé de degrés et, au contraire, très coloré, décoré de multiples sculptures et de peintures. Elles représentaient des scènes où s'entremêlaient personnages, hommes, dieux, animaux, pampres et lianes en un foisonnement de formes et de tonalités. Siddharta reconnut tous les grands épisodes de la mythologie ; toutes les divinités des Veda étaient figurées, tous les dieux et les démons et les héros des temps anciens. Et, plus surprenant encore, tout cela semblait récent, les peintures parfaitement fraîches et les sculptures n'étaient nullement marquées par l'érosion si rapide dans la région de Kapilavastu. Le jeune homme était fasciné. La musique continuait toujours, mais résonnait maintenant moins comme un appel que comme un joyeux salut de bienvenue. Il leva son regard vers le sommet, et vit tout en haut une machine étrange, une maquette figurant l'Univers. Sa forme générale était sphérique, un grand disque plat, une grande roue représentant la Terre, supportée par quatre éléphants. En son centre, une tour, le mont Sumerou, le plus haut sommet du monde, que l'on appelait aussi l'Himavat, c'est-à-dire le sommet enneigé. Là était la demeure de Brahma. Les cieux étaient représentés par des cercles concentriques autour de la tour. On distinguait aussi Indra à la peau doré, puissant et courageux, le dieu du Tonnerre qui préside l'Univers, et, sous Indra, les anneaux symbole des sept océans, les six chaînes de montagnes et les sept corps divins. Et tout cela était articulé, mobile.

Siddharta examinait les figurines, plissant les yeux pour mieux comprendre cette mécanique quand la musique résonna malicieusement à deux pas : c'était Mahabali. Ses yeux riaient, il était visiblement ravi de l'effet produit par la surprise. Il dit : « Voilà le cadeau que je te fais ; la représentation des dieux et de l'Univers. Maintenant suis-moi. » Le vieil homme monta une volée de marches. Parvenu à une plate-forme proche du sommet, il s'arrêta, tâta une pierre qui pivota sur elle-même et dégagea une niche dont les parois étaient tapissées d'or. À l'intérieur étaient dissimulées de grandes tablettes gravées. Mahabali en prit une et lut : « Au commencement, à une époque où il n'y avait ni existence ni non-existence, Brahma l'Unique vivait seul jusqu'à ce que vienne le moment où il se lassa de sa propre contemplation et ne ressentit plus de plaisir dans sa propre unicité. Par sa suprême volonté, il devint créateur. Brahma voulut ardemment partager son unicité avec la création ! Alors ce besoin ardent devint désir, et ce désir fut le grain et le germe premier de l'existence. Et ainsi le désir de Brahma donna naissance à l'homme, au monde, aux cieux, à l'Univers. »

Siddharta s'était souvent appliqué à l'étude de ce texte, mais ce soir il prenait une tout autre dimension, il résonnait comme une conclusion au cycle qu'il avait vécu avec Mahabali. Le vieux maître remit le texte dans sa cachette puis disparut, laissant Siddharta à ses pensées. Ce dernier en fut sorti par un grattement, provenant de l'intérieur du monument, puis il y eut une sorte de sifflement, et un grincement, avant que ces rumeurs se transforment en un bruit régulier et rythmé. La machine, sans doute animée par quelque mécanisme d'écoulement d'eau ou de sable que le gourou avait déclenché, se mit en branle. Mahabali apparut, radieux, tandis que tournaient les roues de la maquette et que bougeaient les figurines : « À présent, tu contemples le fonctionnement de l'Univers. Quand tu es arrivé ici, c'est une des premières questions que tu m'as posées, et je t'ai expliqué comment Brahma, combinant les éléments, la terre, l'eau, le feu, l'air, créa le monde en forme de roue, comment il créa les sept continents, comment il déposa la roue sur les épaules de quatre éléphants, comment au centre il posa le mont Sumerou, comment la montagne sacrée fut entourée par la rivière Gange, qui a son tour fut encerclée par les océans, les montagnes, les lacs et les courants. Himavat, le mont Sumerou, est la demeure des dieux : Brahma le Créateur, Shiva le Destructeur, Vishnu le Protecteur sont les divinités majeures, tandis que les vallées et les terres du dessous sont réservées au Serpents Nagas et aux démons. Pour compléter l'ordre du Cosmos, il y a neuf planètes, Surya, le dieu du Soleil d'or, son chariot à une seule roue tiré par sept chevaux, Chandra, le dieu de la Lune blanche avec son croissant sur le front et chevauchant une antilope Nakshatrasa, puis toutes les constellations autour de nous. »

Siddharta, les yeux fixés sur le sommet de la pyramide, suivait les indications de Mahabali, tandis que chaque élément de la maquette cosmogonique fonctionnait en harmonie avec les autres. Le maître reprit : « À chaque fois que je t'enseignais l'un ou l'autre de ces épisodes, je le représentais dans cette construction. Maintenant tu connais tout cela et bien d'autres choses. La figuration de l'Univers est complète et l'œuvre achevée. Tu vas encore rester quelques semaines pour te pénétrer de tout cela, et puis il nous faudra considérer que, pour toi, le temps de l'enseignement est fini. C'est désormais à toi de suivre ton propre chemin. Tu retourneras chez ton père où tu feras un autre apprentissage, celui du pouvoir. »

CHAPITRE 2

L'Aswamedha

Quelques mois après que Siddharta fut rentré à la cour, un jour où Suddhodana était dans la tour où il aimait se réfugier en compagnie d'Asvapati, arriva une patrouille qui surveillait la frontière entre le territoire des Shakyas et celui de son puissant voisin du Nord, le royaume du Kosala. Le chef demanda à voir le monarque sans délai.

Il fit son rapport : « Nous avons aperçu au-delà de la frontière un grand étalon blanc. Il était accompagné d'autres chevaux et suivi par une foule de jeunes gens... »

Asvapati l'interrompit suffoqué : « Tu veux dire qu'un Aswamedha est commencé ? »

L'homme n'osait trop répondre, car, s'il avait entendu parler de ce rituel, il n'y avait jamais assisté lui-même.

Ce fut Asvapati qui conclut : « Prajenadi, le roi du Kosala, a donc décidé de célébrer l'Aswamedha, et sans doute à nos dépens. »

La nouvelle ne l'étonnait pas. Il est vrai, songeait-il, que depuis quelques années toutes les campagnes du roi de Kosala avaient été victorieuses, et que son royaume était devenu le plus puissant, à l'exception de celui du Magadha au sud du territoire shakya. Il est vrai aussi qu'il était assez riche pour offrir aux dieux ce grand rituel qui dure un an. Il avait donc su trouver, comme le requiert le rite, un étalon blanc qui porte tous les signes de la perfection, cent chevaux dignes de l'accompagner dans sa course et les quatre cents jeunes gens chargés de l'empêcher de s'accoupler.

Au printemps prochain, l'animal serait sacrifié, étouffé suivant la tradition des Veda. Mais entre-temps le roi de Kosala aurait le droit de proclamer sa souveraineté sur toutes les terres que parcourrait l'étalon sacré.

Le roi réfléchissait vite et il dit à voix haute, autant pour son conseiller que pour lui-même : « Cet animal représente un grand danger pour le royaume des Shakyas ; s'il pénètre dans notre territoire, il nous faudra nous battre pour le défendre ou l'abandonner à Prajenadi, et tu sais bien que nous combattrons, comme mon père l'a fait et bien d'autres de notre sang avant lui. » Suddhodana avait atteint l'âge mûr, des mèches grises se mêlaient à ses cheveux noirs. Il avait dépassé les quarante ans, mais il avait gardé sa prestance et, dans son port comme dans son cœur, il était toujours resté un valeureux guerrier.

Le roi mobilisa aussitôt ses troupes, peu nombreuses mais entièrement dévouées à leur seigneur. Contrairement à ce qui se passait dans bien d'autres royaumes, il n'y avait guère de mercenaires dans l'armée, et le roi se sentait assuré de la vaillance de chaque soldat.

Une fois rassemblée, l'armée des Shakyas quitta Kapilavastu, précédée du roi sur son éléphant. Il avait accueilli Asvapati dans sa nacelle ; à leurs côtés chevauchaient Siddharta, Ananda et Chandaka. Ce serait le premier vrai combat des jeunes gens et les deux hommes se demandaient comment ils se comporteraient. Ananda était le plus timoré dans les joutes, Chandaka était un peu tête brûlée, mais tous deux suivraient aveuglément Siddharta ; le roi et son conseiller avaient d'abord évoqué Ananda et Chandaka, comme s'ils n'osaient pas se poser la question pour le prince. Ce fut Suddhodana qui demanda à Asvapati : « Pourquoi ne me parles-tu pas de mon fils ? »

Asvapati se gratta la gorge et réfléchit, au supplice, car il ne voulait pas mentir au roi mais ne savait trop que répondre. Souvent dans ses conversations avec Siddharta, le brahmane avait évoqué la guerre : il lui avait rappelé que le devoir d'un kshatrya était de montrer hardiesse et bravoure, deux vertus qu'il savait très développées chez le jeune homme. Mais, avait ajouté le brahmane, un jour sans doute il faudrait que le prince tue des ennemis et cela faisait partie de son devoir. Il lui lisait les textes, les anciennes épopées qui allaient en ce sens. Ils avaient eu de longues discussions et Asvapati avait fait appel à toute sa science et à toute sa rhétorique pour convaincre le jeune homme. Avec un guerrier ordinaire il aurait suffi de faire appel à l'honneur des kshatryas et de lui assurer qu'il y avait autant d'honneur à vaincre dans une juste guerre qu'à périr au combat; dans les deux cas celui qui suivait avec rectitude la voie du guerrier s'assurait les mérites les plus enviables, et sa réincarnation était aussi glorieuse que glorieuse son action en ce monde. Mais le prince semblait indifférent à ces promesses, comme s'il cherchait une certitude au-delà de ces notions du Moi, de la réincarnation ou des œuvres. Alors, Asvapati avait développé une doctrine plus profonde : puisque Siddharta était conscient de l'unité de toutes choses et de tous les êtres dans l'Esprit suprême, il pouvait prétendre à une sagesse supérieure : celle qui permet d'accomplir son devoir avec le détachement à l'égard du monde, indifférent à la victoire ou à la défaite, parfaitement uni avec Brahma, menant la guerre mais ayant conquis la paix intérieure. Un kshatrya pouvait accomplir l'action tout en ayant la connaissance ; il devait garder présent à l'esprit que chacun, celui qui tue et celui qui meurt, participe du même principe, mais doit cependant mener son combat. L'âme noble ne pouvait en aucune façon espérer se réfugier dans le non-agir.

Mais aucun argument n'avait pu convaincre Siddharta : quand il était tout jeune, il s'emportait et répliquait que rien ne pouvait justifier que l'on tue ; plus tard il se contenta de ne pas répondre lorsque l'on abordait ce sujet.

Songeant à tous ces efforts inutiles pour convaincre Siddharta, Asvapati finit par répondre au roi : « Je ne sais pas, mais fais confiance à sa bravoure et à sa loyauté. »

De son côté, Prajenadi, le souverain du Kosala, était

informé, jour après jour, du chemin emprunté par l'étalon blanc, et il se réjouit quand il apprit que le cheval errait près de la frontière des Shakyas, en un endroit particulièrement propice à son armée s'il fallait se battre. Une rivière séparait les deux royaumes. Elle passait dans une gorge et la rive du Kosala était bien plus élevée que celle des Shakyas. De plus, dans le royaume de Prajenadi, un plateau dominait le site telle une citadelle naturelle.

Les sentinelles de Suddhodana signalaient de plus en plus souvent l'étalon blanc à proximité de la rivière. Il venait même s'y désaltérer mais n'avançait pas dans le courant, comme s'il avait peur de l'eau, et, dès qu'il avait bu, retournait sur le plateau. Pour sa part, Suddhodana aurait bien fait allumer des feux ou fait appel à tout autre stratagème pour repousser l'animal. Il voyait surtout dans ce grand rituel une manigance des brahmanes du Kosala qui cherchaient à étendre leur pouvoir : ne disait-on pas que Prajenadi était entièrement dans les mains des religieux ? Mais Suddhodana savait aussi qu'il ne pouvait pas repousser l'étalon par ces sortes de ruses. Aucun de ses hommes n'aurait compris ni accepté des manœuvres considérées comme sacrilèges. Son pouvoir s'en retrouverait mis en jeu ; il aurait été légitime de déposer le roi et nombre de brahmanes y auraient encouragé. Le sort d'un royaume dépendait donc de l'errance d'un cheval et il n'y avait rien à faire pour empêcher cette absurdité.

Un matin, un soldat arriva, affolé : le cheval s'était avancé dans la rivière jusqu'à mi-jambe, mais s'en était retourné. Si l'animal n'avait plus peur de l'eau, à tout moment il pouvait donc traverser le courant. À partir de cet instant, le roi en personne se chargea de la surveillance de l'étalon.

De l'autre côté de la rivière, il pouvait voir s'affairer les troupes de Prajenadi, les éléphants, les chevaux, les fantassins. Il pouvait même distinguer le roi et son escorte. Siddharta se tenait au côté de son père qui lui montra le sommet de la colline adverse : « Regarde : tu aperçois un homme là-haut tout à côté du chariot, somptueusement vêtu. C'est Prajenadi. Il pourrait être un grand roi, mais est totalement soumis aux brahmanes. C'est un faible. Sois assuré que ce sont ces maudits religieux qui l'ont poussé à offrir ce sacrifice, à moins que ce ne soit son fils Virudaka. C'est sans doute lui dont tu entrevois la silhouette à côté du roi. Il est à peu près de ton âge, on le dit beau mais né d'une esclave. Il n'est donc pas certain qu'il puisse succéder à son père. Prajenadi n'a pas d'autre fils, aussi fait-il tout pour faire oublier cette basse extraction. On dit aussi Virudaka prêt à tout pour gouverner et bien plus dangereux que son père.»

Les gens de Prajenadi regardaient eux aussi la troupe adverse. Tous s'étaient avancés au bord du plateau, et chacun distinguait plus distinctement son ennemi. Tant que l'étalon n'avait pas traversé la rivière et tant que la déclaration solennelle de guerre ne serait pas intervenue, le combat ne pouvait commencer. Désormais, plus personne ne doutait que dans quelques heures il faudrait abattre ces silhouettes de l'autre rive ou périr soi-même. Siddharta regardait Virudaka qui le jaugeait en ricanant. Le jeune Shakya était calme mais éprouvait une mauvaise impression, et s'il avait pu lire dans les pensées de son adversaire cela aurait été bien pire. Virudaka envisageait sereinement la prochaine bataille : les Shakyas étaient un petit peuple, et leur prince était si peu viril qu'il répugnait même à tuer des animaux à la chasse. Était-ce là le comportement d'un kshatrya ? Lui, Virudaka, n'avait pas peur du sang, il avait déjà subi l'épreuve de la guerre. Pour devenir roi du Kosala il lui faudrait se battre, il le savait et il y était prêt. La victoire qu'il ne manquerait pas de remporter tout à l'heure serait un premier pas. Virudaka se répétait que bientôt il régnerait sur le pays des Shakyas comme sur le Kosala, et cette promesse qu'il se faisait était une douce musique à ses oreilles. Personne ne l'arrêterait, ni les brahmanes qu'il méprisait, et dont il aimait à imaginer que le chef se réincarnerait en perroquet, ni son père qu'il envisageait déjà de faire déposer.

41

Tandis que Virudaka agitait ses pensées, l'étalon s'avançait dans la rivière. Suddhodana le vit, ses traits se crispèrent, et mentalement, de toute la force de sa volonté, il essaya de repousser le cheval. Mais au contraire l'étalon continua sa progression, bondit sur le sol des Shakyas et, comme par dérision, trottina calmement vers le monarque. Une clameur retentit dans les rangs de l'armée du Kosala. Le sort en était jeté : il faudrait se battre.

Un peu plus tard, le chef des brahmanes de Prajenadi s'avança et interpella solennellement Suddhodana :

« Suddhodana, roi des Shakyas, tu es témoin du parcours de l'étalon sacré, messager de Varuna, le plus grand des Asura, dieux des Eaux et des Éléments, le maître de nos destins, et Agni le dieu du Feu. »

Suddhodana et Siddharta restèrent impassibles, et le brahmane continua :

« Reconnais-tu la volonté de Varuna ?

– Oui.

– Reconnais-tu la suprématie de Prajenadi, roi du Kosala, sur ton royaume ? »

Suddhodana prit un temps avant de répondre. Au tréfonds de soi, il considérait comme une simple superstition cette tradition qui confiait à un cheval, fût-ce un étalon sacré, le soin de délimiter les frontières, mais il n'aurait jamais osé remettre en cause une coutume si antique. Il interrogea son fils du regard, attendant sa réaction. Celui-ci murmura : « Je ne sais pas quelle est la volonté de Varuna, ni celle de l'étalon, mais je suis certain que Prajenadi et son fils veulent annexer notre royaume. Et cela nous ne pouvons le laisser faire. »

Satisfait, Suddhodana se retourna vers le chef des brahmanes et lui dit : « Dis à ton souverain que s'il veut mon royaume il doit le gagner par les armes, et que nous sommes prêts à nous défendre. »

Le brahmane retourna porter la réponse à son roi, tandis que le chef des Shakyas retournait vers son armée. Selon l'usage, les combats commenceraient le lendemain au lever

42

du soleil. Toute cette fin de journée et une partie de la nuit, les brahmanes de part et d'autre de la rivière psalmodieraient les hymnes et tenteraient d'attirer la bienveillance des dieux sur leurs armes.

Le lendemain à l'aube la guerre commença. Alors conques et tambours, trompes et cors soudainement résonnèrent et la clameur devint immense.

Sur la rive nord, la puissante armée du Kosala était prête à l'affrontement ; éléphants, chevaux, fantassins, chars, ils formaient une masse compacte et les hommes se sentaient assurés de vaincre leurs ennemis, bien moins nombreux et mal placés, face au soleil sur l'autre rive et en contrebas. Virudaka était particulièrement exalté ; il allait enfin pouvoir montrer aux brahmanes et à son père comment il se comportait au combat.

Il se mit à la tête des archers, et tout de suite leur ordonna d'envoyer une première volée sur les premières lignes des Shakyas, ceux qui pourraient atteindre le plus facilement le haut de la citadelle du Kosala. À ce moment, Siddharta au milieu de ses soldats faisait face aux archers ennemis. Virudaka l'avait vu et le regardait, déjà certain de son triomphe. Une deuxième volée partit. Le prince du Kosala avait lui-même saisi un arc et tiré ; sa flèche atteignit la cuirasse de Siddharta au bras. Le fils de Suddhodana retira la pointe de la flèche et l'examina. Elle avait une vilaine couleur, et il comprit. Il comprit aussi pourquoi ses fantassins blessés mouraient si vite.

Prajenadi aussi avait observé l'agonie des Shakyas et il regarda son fils horrifié : Virudaka avait osé empoisonner les flèches au mépris des règles les plus sacrées des kshatryas. Il avait enfreint le code de Manu, le progéniteur de l'espèce humaine, celui qui avait édicté les premières lois. L'honneur des Kosalas avait été bafoué par ce bâtard qui se comportait comme le plus vil des brigands et le déshonneur en rejaillirait sur tous les siens. En même temps que montait la colère du roi, montait sa peur, car il craignait que cette mauvaise action ne leur porte malheur non seulement dans cette bataille, mais aussi dans une vie future. N'est-il pas dit que *celui qui ne livre bataille pour le droit trahit son devoir, sa vertu et sa gloire, et l'offense lui échoit en partage dans sa vie et pour ses autres réincarnations*? En outre, songeait le roi, répétant les versets qu'il savait par cœur, *les hommes diraient sa perpétuelle disgrâce, et, pour qui est de noble condition, le déshonneur est pire que la mort.*

Siddharta rejoignit au petit galop le groupe où se tenaient son père et ses compagnons, il les rassura sur sa blessure, mais leur confirma que les flèches étaient empoisonnées.

Ananda était particulièrement nerveux : « C'est notre première vraie bataille, mais cela risque aussi d'être la dernière. »

Siddharta gardait son calme coutumier et c'est en souriant qu'il lui répondit : « Sois sans crainte : n'avons-nous pas appris qu'il n'est pas de plus grand bien pour un kshatrya qu'une bataille juste ? »

Après la première charge des fantassins du Kosala, la cavalerie et les éléphants se mirent en mouvement jusqu'au bord du plateau. Suddhodana, à la tête de sa cavalerie, avançait en compagnie de Siddharta. Ils parvinrent au bord de la rivière, s'y engagèrent et mirent bientôt pied sur le territoire ennemi. Les troupes de Prajenadi ne bronchaient pas.

Suddhodana ne comprenait pas : « Il est comme un cobra hypnotisé par la flûte. Nous avons pénétré sur sa terre et Prajenadi reste à l'écart comme Brahma sur son nuage. Je me demande ce que ce vieux renard est en train de préparer. »

L'armée des Shakyas se pressait maintenant dans le fond de la vallée, relativement protégée par l'aplomb du plateau.

Ce fut Siddharta qui constata : « S'il n'a pas d'honneur, il connaît la stratégie et nous sommes tombés dans le piège. »

Du haut du plateau provenait un vacarme semblable au tonnerre : les éléphants étaient entrés en action et faisaient glisser sur des rondins une immense plate-forme dissimulée jusque-là par leur masse. Ils avançaient vers le point le plus étroit du précipice. Les hommes de Prajenadi allaient établir un pont mobile qui leur permettrait de prendre les Shakyas à revers.

Siddharta se tourna vers son père : « Nous devons prendre le plateau. Moi je m'occupe du pont avec Ananda. »

Le roi était suffoqué : s'il s'était souvent interrogé sur le comportement de son fils à la guerre, il venait d'avoir la réponse et elle était conforme à ses espérances. Siddharta serait un grand roi guerrier toujours prêt à conduire la bataille.

Siddharta et Ananda partirent à bride abattue dans la direction du pont, et, arrivés à son aplomb, ils sautèrent de leurs montures et commencèrent l'escalade du ravin en se faufilant dans la végétation, aussi vifs que lorsqu'ils grimpaient aux arbres dans leurs jeux d'enfants. Ils parvinrent vite à la base de la plate-forme, tandis qu'au-dessus de leur tête les premiers cavaliers se préparaient déjà à traverser. Les planches qui formaient le pont étaient liées par de fortes cordes. Siddharta et son cousin entreprirent de les trancher avec leurs épées, si bien qu'elles commencèrent vite à bouger et que l'instabilité se communiqua aux planches de proche en proche. À ce moment, Virudaka aperçut Siddharta, et son regard devint plus mauvais encore. Exaspéré, il fit tirer une bordée de flèches sur les deux assaillants et pressa ses hommes de traverser, espérant que le pont tiendrait assez longtemps pour que la troupe soit sur l'autre rive. Mais dès que les éléphants avancèrent le pont s'effondra, et tous ceux qui étaient dessus s'abîmèrent au fond du ravin, hommes, chevaux et éléphants mêlés dans un même carnage. Quelques soldats kosalas avaient traversé, d'autres étaient bloqués en amont du pont, tous regardaient leurs compagnons écrasés. Virudaka hurlait, venant de réaliser que son armée était coupée en deux : d'un côté de la rive il y avait des hommes sans chef qui ne savaient que faire, et de l'autre des soldats désorientés qui devaient maintenant subir l'assaut du roi des Shakyas.

Siddharta et Ananda redescendirent vers leurs chevaux

et profitèrent du tumulte pour rejoindre Suddhodana. Mais le temps qu'ils reprennent leur place, les ennemis s'étaient ressaisis et les soldats shakyas, déjà affaiblis par des pertes considérables et défavorisés par leur position en contrebas, avaient du mal à résister.

Siddharta se mit aux côtés de son père et lui hurla : « Il faut maintenant ordonner la retraite. »

Le regard de son père était éloquent ; il prenait son fils pour un fou.

« C'est notre seule chance, il faut que nous retraversions la rivière. »

Le roi fit sonner la retraite et ses hommes le suivirent. Persuadés, surtout après l'effondrement du pont, que rien n'était perdu, ils se sentaient capables de continuer à combattre, mais ils avaient confiance en leur chef et ils reculèrent en bon ordre face à un ennemi encore indécis.

Lorsqu'ils eurent franchi le courant, Suddhodana s'arrêta et fit face à l'ennemi : « Arrêtez vous ici, nobles héros, formez le rang le long de la rive », et l'armée bien disciplinée se retourna d'un seul mouvement.

Les cavaliers du Kosala menés par Virudaka galopaient à la poursuite des fuyards, mais lorsque les Shakyas firent face ils furent surpris et, dans leur élan, se trouvèrent arrêtés au milieu de la rivière. En quelques instants, leur élan brisé, se gênant les uns les autres, empêtrés par leur harnachement mouillé, les cavaliers hésitèrent et certains commencèrent à tourner bride, parachevant la confusion et gênant l'infanterie devenue inutile. L'avantage fut vite aux hommes de Suddhodana, et Virudaka comprit immédiatement qu'il n'avait plus qu'à s'avouer vaincu ou à défier Siddharta en duel comme l'y autorisaient les coutumes de la guerre. Il sonna à son tour la retraite. Lorsqu'il eut repris pied sur la rive, il lança, plus arrogant que jamais : « Celui que l'on appelle le prince Siddharta osera-t-il se montrer ? »

Très calme, Siddharta avança devant ses hommes. Virudaka continua : « Je défie Siddharta de me combattre, sinon qu'il reconnaisse que je suis son seigneur et qu'il se prosterne devant moi. »

Virudaka espérait manifestement que Siddharta renoncerait au combat, tant il était persuadé que le Shakya répugnait à se battre. Mais, tout au contraire, Siddharta s'avança et dit : « Je t'attends, viens prendre notre royaume si tu le peux. »

Virudaka, sûr de lui, alla se porter sur la rive des Shakyas. Chaque combattant portait une pesante épée et un bouclier de bois. Dès qu'ils eurent mis pied à terre, Siddharta chargea et Virudaka esquiva. Puis, pendant de longues minutes, on n'entendit sur la rive que le bruit du fer et du bois, et le halètement des deux jeunes gens qui s'épuisaient vite dans ce lourd combat où comptait surtout la puissance. Les yeux de Siddharta changèrent, comme si en un sursaut toute sa puissance de concentration lui revenait. Dans son esprit, il ne maniait plus l'épée, il était l'épée ; Virudaka n'était plus un homme, mais un démon qui voulait entraîner son royaume vers les enfers. Virudaka n'eut pas le temps de percevoir ce changement dans le regard de son ennemi, au moment où il lançait sa propre frappe la plus violente, il se sentit comme aspiré par le déplacement circulaire de son adversaire et fut saisi en plein déséquilibre par un coup de taille d'une puissance inouïe. Un instant après, il était allongé sur le dos, ayant perdu épée et bouclier, la lame de Siddharta posée sur sa gorge. Un geste et c'en serait fait du prince du Kosala. Son souffle brûlait et il ruisselait d'épuisement, mais surtout de peur et de rage. Humilié devant ses hommes, il savait que nul ne pouvait venir le secourir sans enfreindre gravement les lois des tournois, même pas son père. Siddharta, maintenant toujours son adversaire dans cette affreuse position, fixait les yeux de Prajenadi, qui hocha la tête pour reconnaître la défaite de son camp.

Chacun sut à cet instant que la guerre était terminée ; Siddharta retira son épée de la gorge de Virudaka. Celui-ci bondit sur ses jambes et éructa : « Un vrai prince guerrier m'aurait achevé et épargné la honte. » Siddharta haussa les épaules et retourna vers les siens.

Un peu plus loin, le grand étalon blanc buvait dans la rivière ; quand il releva la tête, ses naseaux étaient rouges. Il regarda les hommes, traversa le courant, repartit vers les terres de Prajenadi suivi des cents chevaux et des quatre cents jeunes gens qui ne l'avaient jamais quitté pendant cette bataille, comme d'absurdes spectateurs de la tuerie qu'il avait déclenchée.

Quand il disparut à l'horizon, l'armée des Shakyas rentra à Kapilavastu.

Le retour fut triomphal ; partout, dans l'attente des guerriers, la route avait été couverte de branchages, et le peuple se pressait pour leur offrir des corbeilles de fruits et de fleurs. Lorsque le cortège atteignit la ville où la liesse était à son paroxysme, tous les habitants sortirent dans les rues pour acclamer les vainqueurs et particulièrement le prince. Chacun savait déjà quel avait été son rôle dans ce combat, et était persuadé de voir se réaliser l'oracle d'Ajita : Siddharta serait un grand chef, un Chakravartin, un monarque universel. La bravoure dont il avait fait preuve dans ce premier combat en était le signe.

Après avoir traversé la ville puis le palais, le prince pénétra dans ses appartements où il fut accueilli par des chanteuses et des musiciennes. Elles l'escortèrent jusqu'au bassin où l'attendaient les esclaves qui laveraient son corps, peigneraient sa chevelure, le masseraient et oindraient sa peau avec des huiles rares. Lotus elle-même avait veillé à leur fabrication, mettant toutes ses connaissances au service du prince. Elle avait fait macérer les plantes dans les huiles les plus pures. Ces soins devaient réparer les forces et la vigueur du prince, et chasser de son esprit combat et morts. Mais ni le bain, ni le massage, ni la dévotion des esclaves et des danseuses, ni rien de cet accueil ne pourrait lui faire oublier tous ceux qui avaient péri. Cette fête des sens lui rendait au contraire plus sensible l'atrocité de la guerre, et il pensait à Arjuna, ce grand héros du clan des Pandas, qui au moment de la bataille fut envahi par la pitié et la tristesse en voyant ses parents alignés pour la bataille. Il se souvenait mot pour mot des paroles que le héros adressait à Krishna : *« Voyant les miens, ô Krishna, ainsi prêts à combattre, mes membres fléchissent et ma bouche se dessèche, mon corps tremble et mes cheveux se dressent ; Gandiva, mon arc, glisse de mes mains et toute ma peau semble brûler... À quoi bon tuer les miens dans la bataille, je ne désire ni victoire, ni royaumes, ni plaisirs... »* Il se souvenait aussi de la réponse du dieu : *« Il n'est pas de plus grand bien pour le kshatrya qu'une juste bataille »*, cette phrase qu'il se répétait au moment du combat sur le bord de la rivière. Quand il discutait de ces vers avec Mahabali, son maître lui avait simplement répondu qu'un kshatrya ne pouvait chercher d'autre voie d'accomplissement que celle-là. Mais au moment de la bataille nulle divinité n'était apparue pour discuter avec Siddharta de l'opportunité de l'action ou de la non-action, et tous ses doutes s'étaient envolés avec le son des conques de guerre. Et tous les arguments échangés pendant des années avec Asvapati avaient été oubliés.

Il était dans ses pensées lorsque Chandaka et Ananda surgirent dans ses appartements, particulièrement excités ; ils étaient les seuls avec le roi à pouvoir entrer ainsi. «Nous nous sommes battus comme des lions, claironna Ananda, à la fois pompeux et rieur comme un enfant. Nous avons vaincu, ce soir nous devons célébrer notre victoire et nous irons par les rues de la ville. Nos soldats ont besoin de voir leur chef.»

Sortir du palais allait de soi pour Ananda et Chandaka, qui n'avaient pas à subir l'étiquette à laquelle Siddharta devait se plier. En effet, Suddhodana, qui avait toujours en mémoire l'oracle d'Ajita, se souvenait des quatre signes qui devaient être adressés au prince et lui indiquer le chemin qu'il devait prendre. Aussi, lorsque Siddharta avait quitté Mahabali, le roi avait établi force règles afin que son fils ne s'écarte jamais de l'influence directe du palais, dressant autour de lui un véritable rempart contre tout ce qui pourrait heurter la sensibilité du prince et contre toute influence qui pourrait le détourner de son destin de grand roi et de grand guerrier. Quand Siddharta franchissait le seuil du palais, c'était toujours dans un fastueux cortège, et pour célébrer les cérémonies les plus joyeuses. Hors des affaires du royaume, il ne devait connaître que fêtes et jeux : ainsi, jugeait le roi, il ne serait jamais frappé par cette humeur sombre dont savent si bien profiter les brahmanes pour s'asservir les esprits. Celui qui se consacre à l'honneur et au plaisir n'est pas une proie pour ces hommes pleins de ressentiment. Mais dans l'euphorie de la victoire, quelques heures après que Siddharta eut participé à une bataille, l'idée d'enfreindre les consignes du roi ne paraissait guère redoutable aux jeunes gens.

Chandaka sut se montrer convaincant, et très vite le prince se rangea aux raisons de ses compagnons. Quand la nuit fut épaisse, ils franchirent les murailles, Siddharta dissimulé sous un capuchon, comme un simple garde qui aurait accompagné les deux jeunes seigneurs. L'autorité naturelle de Chandaka faisait aussi que les gardes n'avaient pas trop envie de poser de questions, quand bien même ils auraient pu imaginer qu'Ananda ou Chandaka aient pu désobéir au roi.

Une fois hors des murs, Chandaka les mena vers une taverne où s'étaient réunis de très nombreux soldats. Plus ils approchaient de la taverne, plus ils les entendaient chanter ou plutôt beugler, hurler de joie et crier leur victoire. Lorsque les trois jeunes gens entrèrent, les cris devinrent assourdissants, les guerriers reconnurent leur prince, le chef, celui qui les avait conduits à un triomphe inespéré. Tous se précipitèrent vers lui, et ce fut à qui pourrait le toucher ou en recevoir une parole. Siddharta crut périr étouffé. La salle était pleine de relents des bières que les soldats avaient bues jusqu'à n'en plus pouvoir. Siddharta et ses compagnons finirent par s'asseoir au milieu de la troupe, tandis que des danseuses passaient de groupe en groupe.

Elles n'avaient rien à voir avec les danseuses raffinées du palais, elles semblaient aussi ivres que leurs clients, et leurs danses se faisaient de plus en plus lascives ; leurs tourbillons laissaient tomber les voiles, tandis que leurs chairs luisaient à portée des mains avides. Siddharta riait des plaisanteries paillardes de ses hommes, dont il était devenu le héros : des compagnons d'armes étaient morts pour lui et il se devait de partager ce moment de réconfort. Maintenant qu'il avait affronté le danger avec eux, il n'avait pas le droit de mépriser leur joie grossière.

Quand l'aube se leva, les trois jeunes gens retournèrent au palais et rentrèrent dans leurs appartements dans la plus grande discrétion.

CHAPITRE 3

Les signes

Chandaka tournait en rond dans l'antichambre de Siddharta, il y attendait Ananda. Depuis la veille il était extrêmement agité. Le prince lui avait demandé de le conduire auprès de Proshika, la brahmane qui l'avait éduqué pendant son premier âge. Le soir où ils avaient été boire avec les soldats, Chandaka n'avait pas hésité : il lui semblait que personne n'aurait osé punir des guerriers redoutables comme eux pour une désobéissance d'enfants, et, du reste, si le roi avait eu vent de cette affaire, il n'en avait rien manifesté. Mais cette visite à une vieille femme en un tel moment, voilà qui lui semblait absurde et contraire à l'étiquette imposée par Suddhodana qui voulait que son fils soit uniquement entouré de jeunes femmes resplendissantes.

Et puis le jour était mal choisi pour une telle fantaisie : d'abord et ensuite parce que toute la cour terminait ses préparatifs avant de partir vers le Kosala. Les représentants des Shakyas devaient y assister au dernier grand rituel de l'Aswamedha et y toucher le juste prix de leur victoire.

Quand Ananda arriva enfin, intrigué par ce rendez-vous, Chandaka lui raconta l'affaire avec la familiarité qu'autorisait leur amitié d'enfance. Ananda lui conseilla de ne pas résister : de toute façon Siddharta était têtu et, comme d'habitude, il parviendrait à ses fins. Alors autant profiter de l'agitation générale pour se glisser discrètement dans le quartier des femmes. Siddharta apparut : « Je vois que vous m'attendiez tous les deux, dit-il. Ananda, veux-tu venir

53

avec nous ? Mais non, je pense que tu dois encore remplir tes nombreux coffres.»

Siddharta et Chandaka sourirent : depuis toujours ils se moquaient d'Ananda qui ne pouvait envisager le moindre déplacement sans charger trois mules. Ils avaient du reste toujours su tirer profit de cette habitude : au lieu d'emporter leurs propres affaires, ils empruntaient celles d'Ananda.

Les deux jeunes gens durent traverser bien des corridors pour arriver au coin le plus éloigné du quartier des femmes. Celles qui résidaient là n'avaient plus aucune fonction, elles étaient retirées de tout et attendaient la conclusion de leur vie. Il y régnait l'odeur douce-amère propre aux vieillards. Une grande porte fermait l'accès de ces appartements. Siddharta allait l'ouvrir lorsque Chandaka s'interposa : «Attends, Siddharta, écoute-moi une dernière fois, je ne peux pas te laisser rentrer. Tu connais les ordres de ton père. Ce que tu vas faire va à l'encontre de tous les édits et de toutes les coutumes. Je crains la colère du roi, il est encore temps de retourner.»

Pour toute réponse, Siddharta ouvrit la porte et pénétra dans l'endroit interdit.

Ils firent quelques pas dans un corridor mal éclairé. Siddharta frappa à une porte et, sans attendre la réponse, la poussa. Il pénétra dans une pièce extrêmement austère, une cellule triste et sombre. Proshika somnolait sur une modeste couche, étendue sous une lourde couverture de laine, un souffle rauque sortant de sa bouche édentée. Lorsqu'elle prit conscience de leur présence, la veille femme fronça les yeux et reconnut le prince ; elle se mit péniblement sur ses jambes et essaya maladroitement de se prosterner. Comme son corps ne lui obéissait plus, une larme perla au bord de ses paupières sans cils. Siddharta la releva et regarda les yeux décolorés, presque incapable de la reconnaître. Il se souvenait d'une femme encore belle bien que dans sa quarantaine, et chacun vantait encore plus la beauté de ses vingt ans. Il se souvenait de l'odeur douce de sa peau, de la fermeté et la plénitude de ses traits, il se souvenait de la longue tresse brune qu'elle enroulait autour de sa tête. Un jour, il l'avait surprise en train de se coiffer. Lorsque sa natte était défaite, ses cheveux ondulaient jusque sur le sol. Dans ses rêves d'enfant, elle prêtait ses traits à la déesse des Eaux.

La veille femme voulut offrir à son jeune maître une infusion d'herbes. Elle se traîna vers un grand pot de céramique, prit une coupe et de sa main tremblante essaya de verser de l'eau, mais ne réussit qu'à se brûler et à briser la coupe. En guise d'excuse elle murmura : «C'est l'émotion, je suis trop vieille.

– Proshika, que dis-tu?»

Siddharta s'était agenouillé à côté de la vieille femme; c'est lui maintenant qui faisait un geste protecteur envers celle qui l'avait tant protégé.

La vieille femme continua et murmura : «J'aurais voulu rester jeune et belle au moins dans ta mémoire. Maintenant, tu m'as vue, démunie, sans dignité. Je suis si vieille. Bien sûr, je souffre de mille petits maux, mais ce sont des manifestations de ma décrépitude, et vois-tu je suis même contente de ne presque plus y voir et de ne pouvoir lire dans ton regard en ce moment.»

Elle se tut avant de reprendre encore plus faiblement : «La jeunesse envisage la vie comme quelque chose de souple et mobile qui se plie toujours à sa volonté. La vieillesse supporte la vie en sujet soumis, comme si l'œuvre était terminée et dépassée. Si je souffre? Oui, bien sûr, et je me demande en quoi tout cela est nécessaire.» Siddharta se serra un peu plus contre elle, comme s'il voulait lui communiquer un peu de sa force et de sa chaleur. Il se sentait malheureux et pris de vertige, saisi par une émotion qu'il n'avait jamais éprouvée auparavant. La veille femme continua : «Mais, tu sais, il est surprenant de voir comment nous nous accoutumons à tout. Nous souffrons de la perte de la vue, des couleurs, des formes, des difficultés à aller et venir, tout simplement, mais il suffit d'un chien qui se tient affectueusement à nos côtés ou du chant d'un oiseau pour rallumer l'étincelle qui est en nous, et avec elle l'amour de la vie.»

Siddharta l'interrompit : «Proshika, ne peux-tu pas me voir du tout ?

– Non, je distingue à peine vos silhouettes. Mais chaque fois que je perds un peu plus la vue, je découvre quelque chose de différent. Cette année je sens la couleur des arbres par la température et l'odeur de la brise qui m'entourent.»

Siddharta l'interrompit à nouveau : «Mais comment ne m'a-t-on pas dit ? Qui t'a condamnée à vivre ici ?

– Mon enfant, car pour moi tu seras toujours mon enfant, tu vois ici une cellule austère et sombre, sans rien de vivant, un endroit consacré à l'ennui. Mais pour moi c'est surtout un paisible refuge. C'est moi qui l'ai voulu ainsi. N'oublie pas que je suis une brahmane et que je pourrais avoir ce que je désire. Mais bientôt je rendrai grâce à Shiva le Destructeur, et Yama l'Exécuteur m'enverra sa colombe. Siddharta, je ne veux pas de pitié. J'ai été heureuse, mais maintenant je suis fatiguée. Je t'aime, mon enfant, mais tu dois suivre ton propre chemin. Mon temps est passé, le tien commence à peine, je n'ai plus aucune place dans ta vie. Maintenant pars et ne reviens plus jamais.»

Cette dernière phrase avait été prononcée dans un souffle.

Pendant toute cette visite, Chandaka s'était fondu dans le mur, il aurait voulu être à dix mille lieues. Il tira Siddharta par son vêtement. Le prince était bouleversé : son père lui avait toujours épargné l'image de la vieillesse, et au palais les gens diminués étaient systématiquement écartés.

Non seulement Siddharta venait de découvrir la vieillesse, mais aussi que c'était un mal sans remède. Comme il avait contemplé quelque jours plus tôt le visage de la mort, sous sa forme la plus crue : des soldats qui se massacrent absurdement pour quelques arpents de terre, parce que les sabots d'un cheval l'ont porté ici et non là.

Ces deux expériences ridiculisaient tragiquement l'absurde

prétention de son père à lui épargner tout ce qui aurait pu le dégoûter de la vie et le pousser dans les bras des ascètes. Certes, Siddharta ne pouvait voir dans ces émotions les signes annoncés par le sage Ajita puisque son père lui cachait soigneusement cette prophétie, mais il avait dans ces deux occasions éprouvé de tels bouleversements qu'il savait qu'il vivrait désormais dans leur souvenir permanent.

CHAPITRE 4

Kosala

L'aube se levait à peine sur Kapilavastu que le serviteur chargé de sonner le réveil quotidien dans la conque nacrée faisait le tour du palais.

Les préparatifs pour le voyage au Kosala étaient terminés. Chevaux et éléphants étaient harnachés. Les garçons d'écurie chargeaient les mules, les chameaux ; les serviteurs couraient de tous côtés, vérifiant les derniers ballots, les provisions, fruits et viandes séchées, les outres pour les boissons. Tout était prêt pour ce long voyage. La garde du roi était déjà à cheval, armée d'arcs et de flèches.

Enfin Suddhodana arriva avec Asvapati et Siddharta, suivis d'Ananda et de Chandaka. Le roi et le chef des brahmanes prirent place sur un éléphant dans une nacelle surmontée d'un dais qui les protégerait de l'ardeur du soleil. Siddharta et ses compagnons allaient à cheval.

La cortège quitta Kapilavastu sous les vivats ; la ville était déjà réveillée. Les commerçants et les artisans installaient leurs échoppes, les guérisseurs disposaient les plantes fraîchement cueillies, les saltimbanques et montreurs de serpents commençaient leurs tours. Lorsque les voyageurs arrivèrent près du mur d'enceinte, les portes s'ouvrirent, découvrant la campagne verdoyante et plate. C'est dans ce paysage que se déroulerait la première étape de leur voyage. Les Shakyas avanceraient vers le nord-ouest, longeant le piémont de l'Himalaya.

Le cortège s'adapta de lui-même au pas de l'éléphant

royal. Suddhodana aspirait profondément l'air frais du matin, il aimait l'aube, quand l'air est encore vivifiant, il aimait vivre cette heure-là en pleine campagne. Il éprouvait alors un grand sentiment de liberté. Lorsqu'il était adolescent, il s'imaginait être un faucon, et il sentait des ailes lui pousser aux épaules, ses pieds devenir des serres puissantes, l'air autour de lui changer de densité et glisser sur ses plumes et le long de ses ailes. Il montait jusqu'au-dessus des sommets glacés, dominait les gorges profondes et les prairies, planait dans l'air ou fondait sur ses proies. Il était libre, délicieusement libre.

Il aimait aussi s'imaginer être un tigre, tout en souplesse et fluidité. Alors il sentait ses muscles rouler sous sa peau ; il se tapissait sous les fourrés, attendait que le daim parte pour l'arrêter dans sa course désespérée. Suddhodana avait dû être un jour tigre ou faucon, il en était sûr.

Lorsqu'il sortit de cette rêverie, il contempla Asvapati qui s'était assoupi. Non sans malice, il fut ravi de le réveiller. Depuis quelque temps il voulait avoir une discussion avec lui à propos de Siddharta dont le comportement l'intriguait de plus en plus. Le voyage allait lui en fournir l'occasion. À Kapilavastu, Asvapati pratiquait remarquablement l'art de la fuite. Au moins, dans cette nacelle, le roi pourrait l'avoir à sa merci.

« Dis moi, brahmane, j'aimerais que tu me parles de mon fils. Tu ne lui as rien révélé ? »

Le vieil homme regarda son roi avec suspicion : où voulait-il en venir ?

« Rien, sire, que ce soit Mahabali le Renégat ou moi, nous vous avons juré que jamais ton fils n'apprendrait l'oracle d'Ajita par notre bouche…

– Certes, je ne pense pas à toi ni à l'ascète, mais crois-tu que Siddharta sache quelque chose ? »

Le brahmane commença une phrase : « Monseigneur, certes… »

Le roi l'interrompit et se redressa, comme si cette nouvelle attitude donnait un ton plus formel à la conversation.

Cette fois, ce n'étaient plus deux compagnons de longue date qui parlaient, c'était le roi qui questionnait son conseiller et entendait obtenir des réponses claires.

« Je te demande, brahmane, ce que tu sais de mon fils et si tu penses qu'il est au courant de la prophétie, réponds-moi honnêtement

– Sire, ton fils est différent de tous les autres jeunes gens. Celui qui le connaît le mieux en ce moment est certainement Ananda. Ce jeune homme généreux est comme un reflet de Siddharta, il le suit en tout, il est le plus fidèle, au point qu'il oublie sa propre nature. Chandaka connaît bien son maître, mais il n'a pas les subtilités d'Ananda, et puis son caractère est différent, plus énergique et autonome. Pour Siddharta, ce que je peux affirmer, c'est qu'il porte les marques d'un grand guerrier et d'un roi magnifique, nous l'avons vu sur le champ de bataille.

– Oui, cela je le sais, mais réponds-moi : j'ai entendu dire que depuis cette fameuse bataille Siddharta est souvent plongé dans la mélancolie... »

Asvapati ne pouvait pas mentir, c'était contraire à sa nature. Et puis un brahmane ne s'imagine-t-il pas que les menteurs se réincarnent sous forme de rats ? pensait le roi.

Asvapati resta un moment silencieux puis se lança :

« Ton fils continue à vivre comme tu le désires, entouré de luxe et de plaisirs. Ses favorites sont toujours les plus belles de la cour et aucune, m'a-t-on dit, n'a à se plaindre du prince. Il appelle toujours ses danseuses et musiciennes, et il organise fort souvent des joutes dans lesquelles il affronte ses compagnons aux exercices les plus divers. Malgré cela, depuis la bataille, il est souvent triste ou songeur. Un jour que j'ai osé lui en demander la raison, il m'a répondu que tuer fait partie de ses devoirs de guerrier et que la nécessité de la guerre résulte de son karma dans cette existence. Donner la vie, prendre la vie, m'a-t-il dit, cela est aisé, et les hommes le font tous les jours. Puis, d'un tel ton que je n'ai pas su s'il voulait se moquer de moi, il m'a demandé si c'était là la véritable nature de l'homme qu'il fallait accomplir : détruire et produire des êtres qui à leur tour en produiront et en détruiront d'autres. »

Le roi regardait le brahmane avec des yeux ronds : « Oui mais encore, où veux tu en venir ? Cela n'est pas clair.

– Moi non plus je n'ai pas très bien compris ce qu'il entendait par là. Je lui ai dit que si je voulais savoir ce qui le rongeait, c'était avant tout pour l'aider. Mais lui m'a à nouveau posé des questions qui m'ont troublé : à quoi te sert d'être si vieux et si sage si toute ta science ne t'aide pas à soulager la peine de ton disciple ? Ne peux-tu rien faire pour guérir l'esprit que tu as formé ? Après un moment, il a fini par m'avouer qu'il y avait un événement qui le préoccupait particulièrement : il a revu Proshika, vieille et affaiblie, et cela le trouble beaucoup. Il m'a dit qu'il avait ressenti une impression étrange, inconnue et indescriptible... »

Les yeux du roi se durcirent incroyablement : « J'avais interdit, comment a-t-il pu ? »

Asvapati l'interrompit, ferme comme il pouvait l'être parfois, même avec le roi : « Je peux simplement te répéter ce qu'il m'a dit, ta colère ne te servira à rien, au contraire. Attends pour agir d'être redevenu calme. »

Sur ces paroles, le brahmane tourna son regard vers le vaste paysage et laissa au roi le temps de se dominer. Il savait combien Suddhodana devait lutter pour ne pas laisser exploser sa colère. Ce dernier grommela un moment contre les dieux et leurs serviteurs. Aux dieux il ne demandait rien, si ce n'est un héritier.

Après un temps, le roi Suddhodana s'adressa à nouveau à Asvapati : « Il est temps que Siddharta ait une épouse, qu'il pense à donner la vie au lieu de méditer sur la vieillesse. Il faut qu'il soit davantage associé au gouvernement et j'y veillerai moi-même. »

Suddhodana regardait les champs, où les fermiers ramassaient leur récolte. Son royaume était en paix et chacun pouvait jouir de la vie sans crainte de violence ou d'injustice.

Les jours succédèrent aux jours ; le cortège avait franchi plaines, collines, rivières et déserts qui les séparaient du Kosala. Quand ils eurent traversé la frontière, ils furent accueillis par des émissaires de Prajenadi ; de place en place des hérauts annonceraient l'arrivée des Shakyas jusqu'au palais même du souverain. Lorsqu'ils parvinrent au bord de la rivière qui arrosait la ville, de nouveaux émissaires, plus richement vêtus, plus cérémonieux encore, se présentèrent devant l'éléphant de Suddhodana :

« Prajenadi, notre grand souverain, te souhaite la bienvenue en sa capitale Sravasti, la Glorieuse, à toi roi des Shakyas et à ta suite. Il te remercie d'être venu et te prie de bien vouloir assister au sacrifice du cheval, qui aura lieu dans la forêt proche dès que les brahmanes en auront fixé la date la plus propice. »

Sur la rive régnait une grande agitation : pêcheurs, mariniers, commerçants en tout genre apportant des ballots. La ville était ceinte d'énormes murailles, à intervalles réguliers se dressaient des tours de guet qui permettaient aux archers de surveiller les campagnes environnantes. Les jeunes hommes de la suite de Suddhodana regardaient tout cela étonnés. Kapilavastu était bien protégée, mais ce n'était qu'une petite citadelle comparée à Sravasti. La splendeur de la ville les remplissait d'admiration mais aussi d'orgueil : voilà la riche et puissante cité, voilà le cœur du royaume immense dont ils avaient vaincu les armées, eux les Shakyas.

Leur surprise fut encore plus grande quand ils eurent franchi les portes de la ville. Le cortège traversa des rues très animées où s'entremêlaient bazars et fabriques. Tout était extrêmement coloré et bruyant, marchands appelant les chalands, boutiquiers caressant et vantant les étoffes suspendues devant les échoppes, potiers qui finissaient de peindre leurs pots tout en tenant leur commerce, bonimenteurs et montreurs de tours, animaux ployant sous le poids de leur charge, muletiers hurlant, chacun essayait de s'écarter devant le cortège, mais la progression devenait malaisée et les Shakyas allaient pas à pas, fendant péniblement la foule

Siddharta et ses compagnons découvraient une grande ville. Sravasti était un important centre commercial où affluaient nombre d'étrangers, des hommes d'au-delà de l'Indus et même de ceux qui habitaient près de la mer qui borde le monde habité. Siddharta se souvenait de ce que lui racontait Mahabali. Il se demandait si certains ne venaient pas même du pays des pharaons ou de celui des Hellènes. Chandaka guettait, se disant qu'il pourrait peut-être reconnaître quelqu'un de sa race, venu d'au-delà des montagnes. Les rues étaient de plus en plus encombrées.

Mais bientôt l'aspect des boutiques et des gens changea, les couleurs devinrent ternes, les commerces firent place à de bien misérables échoppes, le brouhaha animé du marché fut remplacé par des cris et des lamentations. Siddharta écarquillait les yeux, perplexe. Autour de lui, tout était sale, les enfants vêtus de haillons semblaient avoir des yeux trop grands. Certains étaient allongés à même le sol ou jouaient dans les égouts.

Suddhodana vit son fils, il se tourna vers Asvapati : « Regarde mon fils. J'ai toujours pris le plus grand soin qu'il soit tenu à l'écart du spectacle de la misère et de la maladie. Dans notre petit pays c'est facile, mais ici on ne peut éviter de tomber dessus à chaque instant. »

Asvapati comprit à demi-mot ce que voulait le roi : « Je vais monter à cheval pour me rapprocher de lui et tenter de lui expliquer. » Il demanda une monture et un serviteur l'aida à se hisser sur le dos de l'animal, ce qui était pour le brahmane ennemi de tout forme d'exercice un louable effort. Il rejoignit le prince :

« Asvapati, comment peut-on laisser vivre des gens dans cet état ? Nous ne permettons pas que nos sujets deviennent des épaves comme cela. C'est une horreur ! »

Le brahmane ignora cette réflexion et tenta de distraire le prince en prétendant que son cheval boitait. Ce n'était pas la première fois qu'Asvapati utilisait ce genre de ruse innocente pour changer de conversation. Siddharta normalement se serait moqué gentiment de lui. Mais, cette fois, Siddharta sourit à peine. Il venait d'apercevoir un grand dôme blanc immaculé : « Quel est ce monument ? » Le cortège s'approchait, le prince put mieux voir : il n'y avait qu'une seule porte, massive. Elle avait la forme d'une roue et cette roue était peinte de scènes racontant la vie de personnages de castes différentes, toutes les vies entrelacées, chacune se mêlant à la suivante dans une figuration du cycle éternel des réincarnations.

Asvapati gardait les yeux fixés sur Siddharta, il lui murmura : « Tu comprends bien sûr le sens des figures sur la roue. Mais derrière ce mur c'est le domaine des shudras. Il est interdit à quiconque de franchir cette porte. Comme le veut la loi, ils demeurent à l'intérieur de ces enceintes. Ces hommes sont tout en bas de l'échelle humaine, il est interdit aux autres de les toucher eux ou les objets qu'ils utilisent, et même de se baigner dans la même eau qu'eux. »

Siddharta semblait ne pas comprendre ce que disait Asvapati. « Mais peux-tu me dire pourquoi ils sont là ? »

Le brahmane répondit simplement : « C'est leur karma, c'est la conséquence de leurs fautes passées. »

Le prince lança un regard noir au vieillard et se tut.

À ce moment Siddharta la vit. C'était une femme jeune, mais déjà édentée et défigurée. Elle berçait un enfant dans ses bras assise à même le sol parmi les immondices. À ses côtés un homme gisait sur un brancard, il brûlait de fièvre et son visage était recouvert de pustules et de croûtes purulentes. Il geignait, la femme prit un bol en bois et lui glissa entre les lèvres quelques gouttes d'eau. C'était le seul réconfort qu'il aurait, car personne ne s'approcherait de ces parias que la maladie rendait plus repoussants encore. C'est pourtant ce que fit Siddharta se dirigeant vers eux.

Ananda cria : « Siddharta, ne fais pas cela, c'est interdit par la loi. »

Siddharta et la femme se tournèrent vers lui les yeux brillants et le prince répondit doucement à son ami : « Une loi qui permet cela n'a rien à m'interdire.» Siddharta venait de ressentir cette même émotion qu'il avait éprouvée lors de la bataille de l'étalon sacré ou lorsque qu'il avait rendu visite à Proshika.

Suddhodana, du haut de son éléphant, n'avait rien perdu de la scène, son visage s'était fermé. Mais déjà le cortège des Shakyas avait dépassé le prince, et Ananda, profitant de l'état d'hébétude de Siddharta, prit son cheval par la bride et l'entraîna vers leur groupe.

Ils parvinrent enfin au pied du mur d'enceinte du palais, qui formait une ville dans la ville. Prajenadi était un des plus grands rois de son temps. Sa renommée s'étendait dans tous les pays voisins et bien plus loin encore, jusqu'au quatre coins de l'Univers. Suddhodana expliqua à son fils : « Sravasti est la ville la plus importante sur la route principale qui relie le Magadha aux autres royaumes jusqu'en Perse et même au-delà. Ici se présentent les plus riches ambassades, venues négocier les taxes et les frais d'acheminement du royaume. C'est aussi pour cette raison qu'en traversant le bazar tout à l'heure tu as vu tous ces étrangers. Tu comprends que si Prajenadi s'était emparé de notre royaume sa puissance aurait encore augmenté. Nous le séparons du Magadha, et sans nous il posséderait seul la route du Nord. Sauf à franchir les montagnes, il ne peut éviter notre territoire. Certes notre État est minuscule et le commerce nous rapporte bien peu, mais nous gênons quand même Prajenadi. Voilà pourquoi l'étalon sacré est passé chez nous de façon si providentielle. Nous devons nous préparer à des temps agités, car je serais très étonné que Prajenadi et plus encore son fils Virudaka ne méditent quelque mauvaise surprise.»

À l'intérieur des murs s'étendaient de vastes jardins où poussaient d'énormes banians. Après les avoir dépassés, les Shakyas arrivèrent devant le palais, une imposante bâtisse dont la façade sculptée racontait les épopées des peuples du nord de l'Inde. On y glorifiait les dieux et les héros en une telle profusion de scènes minutieuses qu'il aurait fallu des jours pour examiner toute la façade en détail. De proche en proche pendaient aux balcons d'immenses bannières de tissu peintes qui, elles aussi, racontaient les grands mythes.

Au plus imposant des balcons, Prajenadi attendait, entouré de ses proches, Virudaka mais aussi la reine Basavi qui resplendissait dans toute sa maturité.

Prajenadi salua la délégation shakya :

« Salut à toi, roi des Shakyas, qui nous as montré ta vaillance au combat. Nous sommes aujourd'hui heureux de t'accueillir dans notre glorieux royaume pour célébrer la fin de l'Aswamedha. Après avoir traversé votre domaine, toi et les tiens avez marché des jours pour rejoindre notre capitale Sravasti, la Glorieuse. Nous avons tout préparé ici pour que vous puissiez prendre votre juste part à la gloire de nos fêtes. »

Virudaka lançait des regards incendiaires aux Shakyas, et, s'il avait pu assassiner Siddharta, il l'aurait fait sans hésiter, toujours humilié par sa défaite au bord de la rivière. Prajenadi, lui, regardait Suddhodana. Il avait soigneusement préparé son allocution et songé à la manière de s'adresser aux Shakyas, sachant qu'ils étaient les vainqueurs mais n'ignorant pas non plus que, face à la puissance du Kosala, ils ne pourraient exiger un tribut trop lourd pour prix de leur victoire.

Suddhodana était obligé de lever la tête pour écouter le souverain du Kosala. Il connaissait l'habileté de son rival et avait bien compris que Prajenadi s'adressait à lui comme un suzerain à son vassal, et non comme un vaincu à un vainqueur. Il était impossible au Shakya de relever cette provocation, alors qu'il était si loin de ses terres, à plusieurs jours de marche, comme le lui avait fait remarquer le roi du Kosala. Cependant Suddhodana se devait de rappeler qu'il avait gagné la guerre sur la rivière, qu'il était là en vainqueur et qu'il venait chercher le prix de sa victoire.

« Grand roi du Kosala, commença Suddhodana, nous avons traversé notre pays et le tien pour participer à l'Aswamedha. Cette année fut pour nous pleine de gloire. C'est pourquoi nous sommes ici, conformément aux lois de nos dieux et de nos ancêtres et afin que, lorsque nous repartirons, nos peuples soient liés par l'amitié et non plus par les rancunes, par la guerre ni par le désir de revanche.» Siddharta était attentif aux paroles qu'échangeaient les deux monarques. Le regard de Virudaka, lui, était indifférent ; par contre, il enrageait de l'insolence mesurée de Prajenadi, et aurait aimé ne pas devoir supporter les provocations de celui qu'il avait vaincu. Il fut sorti de ses considérations, attiré par un regard. Immédiatement il vit le seul don que pouvait lui offrir le Kosala.

Il y avait derrière la reine une jeune fille qui lui sembla la plus belle qu'il eût jamais contemplée. Contrairement aux autres membres de la cour qui, pour recevoir les Shakyas, s'étaient apprêtés pendant de longues heures, avaient laqué leurs moustaches, noirci leurs yeux de khôl, exhibé leurs vêtements les plus riches, leurs bijoux les plus somptueux, cette jeune fille portait une simple robe bleue ornée d'une ceinture de corail et d'argent. Ce manque d'artifice soulignait sa beauté et sa grâce naturelle. Siddharta plongea son regard dans le sien, et leurs yeux ne se quittèrent plus jusqu'à ce qu'il entende : «Elle est belle, n'est-ce pas ?» C'était Ananda qui regardait son ami en souriant.

Le grand chambellan de Prajenadi fit conduire les Shakyas dans les appartements qui leur avaient été réservés. Là encore, tout était fait pour leur démontrer la puissance du royaume : les coffres et les meubles étaient de bois précieux, les murs ornés de peintures, les lits étaient couverts des cotons les plus fins doublés des laines les plus légères. Des dizaines de serviteurs, hommes et femmes, étaient là pour satisfaire leurs moindres désirs. Des bains chauds et parfumés attendaient chacun.

Au crépuscule, les Shakyas retournèrent vers le palais pour le premier festin. Les délégations se faisaient face et, malgré la magnificence de cette fête où se succédaient danseuses et montreurs d'animaux, malgré les mets les plus raffinés, malgré les scintillements des lampes, malgré tout l'apparat imaginable, la tension entre les deux clans était perceptible. Chacun savait qu'elle persisterait jusqu'à la fin du rituel.

Et quand après le repas et les spectacles le chef des brahmanes se fit annoncer, les hommes des deux camps furent soulagés, car le prêtre venait proclamer le sacrifice de l'étalon sacré.

«Que Sa Glorieuse Majesté Prajenadi, fils des illustres Maha du Kosala, sache que demain aura lieu le sacrifice de l'étalon sacré, représentant du Soleil et messager céleste du seigneur Varuna, dieu de la Destinée.»

Le lendemain à l'aube, le cortège des guerriers et des prêtres invités au grand rituel traversa la ville pour aller dans la forêt. Une clairière avait été aménagée pour l'ultime sacrifice.

Il s'y dressait une statue d'ébène polie, Kali la Noire. Elle était représentée avec ses quatre bras, et, comme toujours, avec ses colliers de crânes humains et dansant sur un cadavre. Autour de son cou, cinq cobras étaient enlacés, leurs capuchons déployés. Des estrades attendaient les monarques et leurs proches. Sur la plus grande Prajenadi trônait, imposant. Virudaka se tenait derrière lui ainsi que la reine Basavi. Le chef des brahmanes du Kosala rejoignit ses pairs à la droite de Kali.

Tout était devenu silencieux lorsque les hérauts firent résonner leurs cymbales.

Suddhodana s'avança, suivi de son fils, de son chef des brahmanes et du reste de sa cour. On sentit à nouveau l'hostilité de ceux du Kosala qui ne se privaient pas de murmurer juste un peu trop fort des réflexions acerbes et d'adresser des sourires ironiques. Les Shakyas se dirigèrent vers Prajenadi et présentèrent leurs vœux au roi. Puis ils allèrent prendre place sur l'estrade qui leur était destinée.

Le grand chambellan du Kosala, suivant les règles du protocole, s'avança vers son roi : «Ô grand roi Prajenadi, fils des illustres Maha du Kosala, bienvenue au sacrifice de l'étalon sacré qui pendant un an a couru librement vers les quatre coins de l'Univers. »

Le brahmane du Kosala commença à psalmodier : « Puissent vos cœurs chevaucher celui de l'étalon aux pieds légers lorsqu'il nous précédera aux cieux. »

Un nouveau coup de cymbales et Prajenadi leva son sceptre : « Que s'accomplisse le rituel. »

Le chef des brahmanes s'écarta et s'avança en psalmodiant : « Mère de béatitude ! Enchanteresse du tout-puissant Shiva, Kali, danse pour nous jusqu'à l'extase et apaise ta soif de sang dans la douce danse des najas. »

Une femme très jeune s'avança, vêtue d'un léger pagne et d'une éclatante ceinture rehaussée de diamants. Son corps sombre était oint et luisait au soleil, comme les bandes d'or qui s'enroulaient autour de ses bras. Son visage était caché sous le masque terrifiant de Kali. La musique commença, douce et sensuelle, accompagnant les premiers pas de la jeune fille, puis, graduellement, rythme et danse montèrent en intensité et devinrent plus voluptueux encore. Les assistants étaient fascinés, la clairière entière paraissait envoûtée. Seul Virudaka semblait échapper au charme, et son regard toujours fixé sur Siddharta se faisait de plus en plus haineux. Suddhodana s'en aperçut et murmura à son fils : « Regarde Virudaka. Chaque instant est pour lui un moment de lutte et il ne connaît que cela. Il est blessé de n'être qu'un bâtard et souffre de vivre dans la crainte perpétuelle que son père ne lui laisse pas son trône. Sans cesse, il éprouve le besoin d'attaquer et de se défendre. Il en est d'autant plus dangereux. »

Au milieu de la clairière, la danseuse n'était plus que musique ; ses mouvements étaient totalement fluides, elle se coulait le long de la statue, s'y adossait, se cambrait bras tendus, mimant une extase devant Kali la terre mère, plus forte que la mort.

On entendait la respiration des spectateurs, lourde et rythmée par la cadence infernale de la jeune fille. Elle se donnait complètement à la musique, au bord de la transe.

Quand elle arracha son masque d'un geste brusque, Siddharta fut tétanisé en découvrant la jeune fille à la robe bleue. La danseuse n'était autre que Yasodhara, la fille de Prajenadi.

Elle était maintenant allongée sur le sol, dansant le plus érotique des ballets ; son ventre ondulait, tressaillait pendant que les najas de Kali glissaient de la statue, pour venir s'enrouler entre les bracelets d'or autour des bras et du torse de la danseuse en une étreinte irréelle. Yasodhara s'était redressée brusquement et tournoyait maintenant en cercles plus larges. Elle ne dansait plus, elle ondulait, haletait, ruisselait. Lorsqu'elle arriva devant l'étalon sacré, elle s'arrêta brusquement, sa poitrine se souleva en une dernière extase, puis son corps s'inclina devant l'animal, elle laissa retomber ses bras, les cobras glissèrent et retournèrent librement vers la statue.

Un instant elle planta son regard dans celui de Siddharta avant de se retirer de la clairière.

Le silence était absolu, mais on ne sentait plus que le désir des hommes.

À ce moment le brahmane qui dirigeait la cérémonie appela la reine.

Suivie par deux autres épouses, Basavi se leva et se dirigea vers l'étalon. Ses yeux à moitié clos brillaient de désir. À leur approche, l'animal hennit, les trois femmes commencèrent à s'agiter, comme si elles étaient en transe. Elles semblaient nues tant leur peau sombre et luisante transparaissait sous les voiles, tandis qu'elles tournaient autour de l'étalon, en mouvements langoureux. Sur le sol de la fumée s'échappait des jarres disposées à cette effet, répandant une odeur âcre mais captivante. Tout devenait trouble, le réel et l'irréel se mélangeaient.

Basavi prit une coupe et oignit les flancs de l'étalon avec l'onguent sacré, en même temps ses acolytes entouraient le cou de l'animal de guirlandes de fleurs, avec force gestes qui évoquaient le désir et l'amour. Puis les deux épouses de second rang s'écartèrent légèrement, laissant la reine seule avec l'animal. Ses caresses se faisaient plus ostensiblement sensuelles, elle se frottait contre le ventre de l'étalon, laissant courir ses mains le long de son sexe sans que personne s'indigne de voir la femme la plus respectée du royaume se comporter comme ne l'auraient pas fait les prostituées du quartier réservé.

L'atmosphère était pesante, trouble, malsaine, et les assistants magnétisés, incapables de détacher leur regard du spectacle. Tout semblait figé.

Les brahmanes qui officiaient continuaient leurs incantations. Leur chef s'avança à son tour vers le cheval, il couvrit la tête de l'animal d'une cagoule et prononça des formules. La musique s'amplifiait, devint assourdissante. Le brahmane resserrait le sac autour de la tête, afin d'asphyxier l'étalon suivant le vieux rite védique. L'animal suffoqua, essayant de se débarrasser du sac de toile. Ses jambes battirent l'air et il s'effondra.

La reine poursuivit sa danse érotique et macabre ; elle se coula alors contre le ventre encore chaud de l'animal et mima l'accouplement. Le brahmane réunit la dépouille de l'étalon et la femme par une guirlande de fleurs, et avec une grande ferveur il proclama : « Que vous soyez unis dans les cieux comme un seul. » Puis il jeta un linceul sur le cheval et la reine et récita à voix haute la grande Upanishad de la forêt.

« Aum ! la première lueur dans la vérité est la tête du cheval offert en sacrifice. Le soleil est l'œil, le vent est le souffle ; le feu, sous le nom de Vaiswanasa, est la bouche ouverte ; l'année est le corps du cheval offert en sacrifice, le ciel est son dos, l'atmosphère est son ventre, la terre est le sabot de ses pieds, les régions sont ses côtes ; les régions intermédiaires sont les os de ses côtes... »

Enfin le gong du brahmane résonna à travers la clairière, on sentit tous les participants frissonner, échappant enfin à la magie du sacrifice ; pendant le rituel, ils avaient cru se rapprocher des dieux et ils se réveillaient simples humains.

Siddharta et Ananda se regardaient, cherchant à se rassurer mais profondément troublés. Ils étaient comme des automates en remontant à cheval pour rejoindre le palais où les attendait un fastueux banquet.

Suddhodana et Asvapati avaient souvent surveillé les jeunes gens pendant le rituel, et observé leurs réactions. Suddhodana n'eut pas à demander à Asvapati d'aller parler aux deux cousins; le brahmane s'était déjà approché d'eux pour leur expliquer le sens de la cérémonie.

«Vous avez assisté à ce rituel, l'un des plus anciens de notre peuple, qui le connaissait déjà alors qu'il vivait dans les steppes au-delà des fleuves et des montagnes. Souvenez-vous du texte de la grande Upanishad de la forêt. Quand Mahabali te la commentait, Siddharta, tu la trouvais belle, car elle réunissait tous les symboles de l'Univers; mais l'ultime étape de l'Aswamedha vous répugne, car vous n'y avez vu que bestialité. Pour tous les participants ici, cela signifie avant tout le couronnement de la puissance de Prajenadi. Ce dénouement évoque la fertilité, les bénédictions accumulées sur ce royaume, et est signe de prospérité.»

Siddharta se fit sarcastique : «Parce que ces sacrifices rendent les gens plus heureux? il y a moins de souffrance?

– Tous ces gens croient au karma. Que feraient les hommes s'ils n'espéraient une vie future meilleure? Ils sont persuadés que tout est voulu par les dieux et que ceux-ci exigent des sacrifices. Et plus le sacrifice est important, plus méritoire l'acte de foi, plus grande la récompense des dieux.»

Maintenant Siddharta fulminait : «Et combien faut-il de sang pour faire plaisir aux dieux, le sang d'un cheval, de dizaines de chevaux, de tous les chevaux de la terre? Et pourquoi s'arrêter aux animaux? Et si l'intention s'accroît avec la valeur du sacrifice, pourquoi pas Ananda, ou Chandaka?» Il s'interrompit un instant, fixa le brahmane : «Dans ce cas, je serais certain d'atteindre le nirvana en offrant aux dieux gourmands un distingué brahmane bien plumé et embroché. »

Asvapati devint glacial et autoritaire comme il pouvait l'être parfois : « Prince, tout cela n'est pas aussi simple que vous le dites. Ce sont là des choses de la religion, et ce n'est ni l'endroit ni le moment pour en discuter. »

Toute la cour se préparait maintenant pour le festin.

CHAPITRE 5

Le tribut

Le banquet avait été préparé dans la grande salle d'apparat, des divans installés le long des murs, devant de longues tables chargées de mets rares et raffinés. Le premier festin offert aux Shakyas pour leur arrivée semblait presque modeste comparé à celui qui suivait le grand rituel. Tout avait été préparé pour la délectation des convives. Les meilleurs artistes du royaume chantaient et dansaient, rivalisant avec quelques étrangers que l'on avait fait venir pour l'occasion. Au centre de l'immense salle, sur une piste construite pour la circonstance, des dresseurs montraient leur savoir-faire, avec des jongleurs, écuyers, éléphants acrobates, et avec des singes apprivoisés qui s'entendaient si bien à imiter leurs dresseurs. Dans un coin, sous la statue de Siri la déesse de la Chance, des passionnés s'affrontaient aux dés et autres jeux de hasard.

Les monarques trônaient chacun sur une estrade entourés de leurs proches. Siddharta ne quittait pas des yeux Yasodhara assise à côté de sa mère. La danse de l'Aswamedha n'avait laissé aucune trace sur son visage, elle avait retrouvé toute sa pureté, toute sa virginité. Elle portait une robe dont les voiles verts et bleus étaient savamment arrangés pour mettre en valeur sa taille fine et ses hanches pleines. Elle aussi regardait souvent le prince des Shakyas jusqu'à ce qu'elle s'aperçoive que plusieurs invités les regardaient en souriant. Elle rougit alors et, pour fuir le regard de Siddharta, se mit à l'ombre de sa mère. C'est alors que le prince remarqua qu'un autre regard lourd pesait sur lui, mais celui-là totalement hostile. Le Shakya compara en pensée le frère et la sœur : l'une n'était que beauté, grâce et bienveillance, l'autre hostilité, ruse et méchanceté.

Virudaka ne supporta pas le regard du Shakya ; il se leva de sa table et rejoignit un groupe d'hommes non loin de Prajenadi. C'étaient apparemment des étrangers, à en juger à leur peau claire, à leur nez long et fin, et à leur longue barbe frisée et très soignée. Ils étaient vêtus d'une ample robe vert sombre aux manches brodées et retenue par une ceinture de brocart d'or. À la façon dont Virudaka leur parlait, il était facile de deviner que c'étaient des gens d'importance et qu'ils devaient représenter de grands intérêts pour le prince du Kosala.

Siddharta était intrigué par ces étrangers : « Qui sont-ils ? »

Ce fut Asvapati qui lui répondit : « Eux, ce sont des mages qui viennent de Perse, des prêcheurs errants ; ils répandent la foi de leur prophète, un certain Zoroastre. »

Siddharta interrompit le brahmane : « C'est donc dans leur royaume que Mahabali s'était rendu. Il m'a décrit leurs croyances et vanté leur science. Il m'a dit aussi combien les échanges qu'il avait eus avec eux l'avaient enrichi. Sais-tu, par exemple, qu'ils condamnent les sacrifices comme celui auquel nous avons assisté aujourd'hui ? C'est sans doute pourquoi ils ne sont pas venus dans la forêt. »

Le visage d'Asvapati se ferma : « Crois-tu en savoir plus que moi sur la religion des Perses ? J'ignorais que Mahabali t'en avait parlé. Tu as quand même compris que leurs croyances sont totalement opposées aux nôtres, et qu'ils prétendent que tout se termine avec la mort. Pour eux, il n'y a aucun espoir de renaître, pour purifier son âme lors d'une autre transmigration ; l'homme naît une seule fois ! insista Asvapati. Le bon va dans un endroit qu'ils appellent le Ciel où il obtient tout ce qu'il désire, et le méchant va en Enfer où il est torturé éternellement.

– Qu'une destinée puisse se jouer en une vie, je trouve

cela extraordinaire», coupa Siddharta. Il ne voulait plus discuter de religion avec Asvapati, et surtout ne désirait pas provoquer une nouvelle fois le vieil homme. «Dis-moi plutôt : je ne pense pas que ceux-là assistent à ce banquet pour convertir Virudaka. Que peuvent-ils bien avoir à se dire ?

– Plus vraisemblablement, ils doivent parler politique, d'autant plus que ces mages-là ont quitté leur pays depuis bien longtemps et qu'ils sont au service du roi du Magadha. Ils sont arrivés il y a plusieurs années et ont réussi à convertir quelques personnages importants, tel celui-là, grand et sec, au centre du groupe, qui semble le chef de la délégation et qui est un Magadhien. Maintenant les mages sont très écoutés. Fréquemment, le roi du Magadha Bimbisara leur confie des missions d'importance. Je me demande s'ils ne sont pas là pour discuter de la route du Nord qui relie la Perse à leur nouveau maître.

– Mais comment peuvent-ils en parler sans nous ? Virudaka ne peut quand même pas les persuader qu'il nous a vaincus et que notre royaume lui appartient désormais ?»
C'était Suddhodana qui était intervenu, il sentait combien son fils commençait à bouillonner et cela ne lui déplaisait pas. Comme chaque fois qu'il sentait chez Siddharta le désir d'en découdre, et la rage de défendre son droit et son royaume, il était ravi. Il appela Siddharta près de lui et ils tinrent un conciliabule.

Siddharta se leva calmement, il rayonnait de toute sa prestance, vraiment royal.

«Ô Prajenadi, souverain magnifique du Kosala.»
La musique s'arrêta, les conversions cessèrent, tous les yeux se tournèrent vers le fils de Suddhodana. Celui-ci attendit un instant, appréciant son effet, puis reprit d'une voix extrêmement calme et à peine forcée :

«Le sacrifice que tu as offert aujourd'hui était digne de ta grandeur. Nous l'avons compris ainsi et nous espérons que l'union de ton épouse et de l'Univers attirera des bienfaits sur nos royaumes...»
Le silence qui entourait le jeune homme se fit plus pro-

77

fond. Le chef des brahmanes de Prajenadi ne saisissait pas ce qui se passait : où voulait en venir ce jeune coq ? Il chercha les yeux d'Asvapati pour y lire un indice, mais le Shakya fuyait son regard avec obstination. Lui-même ne voyait pas où mènerait cette scène, mais il connaissait assez bien Suddhodana pour savoir que ce qu'il préparait était d'importance.

Siddharta continua de plus en plus calme :

« Nous acceptons de Votre Majesté et de son fils – il se tourna vers Virudaka – la reconnaissance de notre victoire au cours du duel que nous avons eu sur la rivière. » Siddharta marqua une pause, la tension était de plus en plus grande dans la salle du festin. « Maintenant, et suivant la coutume de nos peuples qui veut que le vaincu paie tribut à son vainqueur et à sa discrétion, nous allons faire connaître notre requête. »

Les yeux de Virudaka étaient pleins de haine et de suspicion. Gagné par une gêne croissante à mesure qu'il entendait le discours de Siddharta, il s'était éloigné du groupe des étrangers. Ceux-ci à leur tour le regardaient bizarrement, comme si les paroles de Siddharta contredisaient celles du prince du Kosala.

Prajenadi, lui, consultait son chef des brahmanes qui ne put que lui dire de suivre la volonté du vainqueur, car telle était la loi.

Prajenadi se leva péniblement, fit face à Siddharta, respira un instant puis, faisant de son mieux pour garder son calme et cacher sa colère, il annonça : « Continue, prince Siddharta. Dis-nous comment nous pouvons remplir notre obligation sacrée. Dis-nous quel tribut tu réclames. Et ce sera pour nous un moyen de retrouver la félicité. »

Virudaka ne pouvait s'empêcher de grommeler à l'adresse de son père : « Quelle arrogance ! Parce que le brahmane affirme qu'il faut se plier à cette loi stupide, toi, un des plus grands rois de l'Univers, tu cèdes à un royaume dix fois plus petit que le nôtre. »

Siddharta jeta un regard à son père qui, tout en lui souriant, lui fit signe de continuer.

Le prince se campa sur ses jambes, croisa les bras haut sur la poitrine et regarda Prajenadi d'un air de défi : « Nous demandons pour honorable tribut... (Siddharta tourna légèrement la tête, tendit le bras, montra devant toute la cour soudain plongée dans l'horreur la princesse Yasodhara et finit sa phrase :) cette jeune fille, ta fille Yasodhara. »

Un murmure parcourut l'assemblée. Prajenadi blêmit. Virudaka ne put se contenir et explosa :

« C'est le plus infâme outrage qui se puisse imaginer : demander ma sœur en tribut, comme si elle n'était qu'une vile esclave, c'est mépriser notre famille, la rabaisser au-delà du possible. »

Siddharta était toujours aussi calme, il regarda Virudaka et lui dit simplement : « Vous nous déniez notre droit. »

Prajenadi se reprit, il heurta le sol avec son sceptre, ce qui fit taire le murmure mais augmenta la tension : « Non, prince Siddharta, nous ne te déniions pas tes droits, mais un homme qui a gagné la bataille aussi intrépidement que toi doit comprendre qu'une fille ne peut se négocier.

– Bien sûr, répondit Siddharta, il n'est pas question de la négocier. Mais si, en plus, nous étions prêts à t'offrir les diamants de notre trésor en gage de paix ? »

La princesse était horrifiée, abasourdie. Elle n'avait pas compris tout d'abord ce que signifiait cette scène. Au début elle s'était sentie flattée avant de comprendre qu'elle faisait l'objet d'un abject marchandage. Elle n'aurait jamais pu imaginer que son père envisage de la vendre comme il était en train de le faire. Elle regarda sa mère, mais celle-ci était impénétrable, enfermée dans ses pensées, comme si elle n'était pas sortie de la danse du sacrifice. Le visage de Prajenadi n'exprimait plus seulement l'indignation, il s'y mêlait maintenant de l'intérêt. En le regardant, la princesse comprit que le seul problème qui restait était celui du prix. Que valait-elle donc ?

Siddharta reprit avec l'autorité du chef :

«Ou bien, dit-il, nous pourrions laisser les caravanes traverser notre royaume gratuitement, ce qui permettrait le libre passage par la route du Nord.» Comme Siddharta l'espérait, les envoyés du Magadha, jusque-là témoins indifférents à cette négociation, se montrèrent plus intéressés encore que Prajenadi par ses dernières paroles.

Suddhodana sourit et glissa à Asvapati :

«Mon fils a raison : le poids des mages peut peser lourd dans cette affaire, et de toute façon il est bon de leur montrer au moins que nous ne leur sommes pas hostiles.»

Toute la salle attendait en retenant sa respiration. Mais, avant que le roi du Kosala ait pu répondre, Siddharta ajouta :

«Mais peut-être avez vous raison, sire, on ne marchande pas la valeur d'une fille chérie.»

Sur ces paroles, Siddharta retourna vers son groupe et s'assit, tournant le dos aux gens du Kosala. Il engagea la conversation avec ses amis, apparemment indifférent à tout le reste.

Prajenadi eut un espoir : «Prince Siddharta, ton attitude signifie-t-elle que tu retires ta demande?»

Siddharta se retourna, mais, sans se lever, s'adressa au roi : «Ma requête demeure, sire. Ainsi que votre refus.» Prajenadi devint à nouveau très pâle, mais Siddharta continua : «Et puis je ne voudrais pas te presser sur cette question d'honneur alors que je suis reçu dans ta maison ; aussi vais-je te proposer un défi qui ménagera votre fierté. Nous allons organiser une joute, tu seras représenté par ton fils le prince Virudaka et moi je défendrai l'honneur des Shakyas.» La voix de Siddharta était déterminée : «Si tu l'emportes, les caravanes pourront traverser notre pays sans payer de taxes, mais si je gagne tu me donneras ta fille pour épouse.»

Virudaka était devenu le centre de l'attention et tous les yeux le fixaient. Accepterait-il d'affronter à nouveau Siddharta qui l'avait déjà humilié une fois? On le connaissait, on savait qu'il aimait les combats faciles ou ceux qu'il avait de grandes chances de gagner ; si l'heure n'avait pas été aussi grave, il est sûr que des paris auraient été engagés. Beaucoup furent surpris en entendant Virudaka accepter avec enthousiasme : « Et dans quelle joute allons-nous nous affronter ? »

La réponse tomba comme un coup de fouet : « L'épreuve du pont vivant. »

Le choix de Siddharta stupéfia d'abord les auditeurs, mais bientôt des discussions animées s'engagèrent dans toute la salle. Prajenadi contempla son fils, anéanti, la peur et la répulsion inscrites sur son visage. Et c'est presque en bégayant que celui-ci dit à son père : « Ce n'est pas une joute, père, c'est un suicide ! Personne ne s'est engagé dans ce tournoi depuis... »

Le roi des Shakyas interrompit Virudaka et s'adressa à Prajenadi d'une voix grave : « Depuis que Prajenadi Jeta de Kosala rencontra Yajasena des Shakyas, une légende dit que ton père gagna ce combat mais par la ruse. »

Suddhodana venait de verser de l'huile sur le feu. Des cris de rage s'élevèrent autour de Prajenadi ; le roi lui-même faillit s'étrangler. Il heurta à nouveau le sol avec son sceptre avant de reprendre la parole. « C'est un outrage. Tout cela est un horrible mensonge. La victoire de mon père ne fut que la juste récompense de sa bravoure. »

Siddharta intervint avant que son père toujours très impulsif n'envenime les choses encore davantage. Le ton calme du jeune homme ramena un peu d'ordre dans les esprits : « Toutes ces années il y a eu un doute. C'est maintenant le moment de prouver que cette légende est fausse et de restaurer l'honneur de votre glorieuse famille par un acte de bravoure du prince Virudaka. »

Prajenadi lança un regard impérieux à son fils, qui avait maintenant l'air pitoyable ; il parvint cependant à grimacer dans ce qui voulait être un sourire : « Nous ne pouvons plus refuser. »

La tension nerveuse de cette journée avait épuisé tout le monde. Les invités mouraient d'envie de quitter la salle, et, lorsque Prajenadi se leva, il n'y eut qu'un mouvement vers la porte de sortie : la soirée était terminée, chacun se sentait soulagé.

Suddhodana pressa son cheval et vit son palais disparaître derrière lui dans un nuage de poussière ; il galopa à bride abattue pendant tout le parcours qui le menait au pont vivant. Siddharta s'y était installé pour un ultime entraînement. Dans le lointain il fixait une mince bande de nuages sombres. Le soleil scintillait au travers, mais l'air était lourd, oppressant et humide. La mousson avait commencé.

Après une bonne heure à ce rythme infernal, le roi parvint épuisé au pont vivant qui était abandonné depuis longtemps mais restait encore impressionnant ; il était formé par l'entrelacement des puissantes racines de banians géants qui poussaient de chaque côté d'un ravin. Elles enjambaient le vide, formant un pont suspendu naturel. Les branches des deux arbres couvraient une vaste surface, et leurs feuilles vert foncé frémissaient sans cesse. De la vigne et d'autres lianes grimpaient par-dessus, rajoutant une autre épaisseur végétale.

Sur toute la longueur du pont étaient fixées des planches assez solides pour former une surface plane suffisante pour que deux chars puissent se croiser sans gêne. Ce pont de racines était à mi-chemin entre le pays des Shakyas et l'Himalaya. Tout autour des banians, de chaque côté du ravin, la végétation abondait et les herbes qui montaient à hauteur du genou entravaient chaque pas.

Siddharta se tenait au bord du précipice, examinant le pont et la profondeur du ravin. Le roi Suddhodana descendit de cheval.

Il s'approcha de son fils, et c'est avec une certaine tristesse dans la voix qu'il commença à lui parler : «C'est demain le grand jour. Le souvenir de mon propre père qui mourut de la main du père de Prajenadi me hante. La dernière image que j'ai de lui remonte à ce moment-là : le sang coulait de sa poitrine. Ses yeux me cherchaient dans la foule, seulement pour me dire adieu. Ce fut son dernier regard, il exprimait tous les mots d'amour jamais prononcés : je t'aime, mon fils. Je ne pouvais pas croire que mon père, qui pour moi avait toujours été là, fort, fier et exigeant, m'avait abandonné. Pourquoi ne s'était-il pas mieux préparé pour ce tournoi avant d'affronter ce traître ? Pourquoi ne s'était-il pas mieux protégé ? N'était-il pas assuré de me revenir ?» Suddhodana avait fermé les yeux avant de poursuivre : «Je sais que j'ai toujours été un peu lointain avec toi. J'ai toujours été davantage préoccupé par mon royaume que tout autre chose ou personne. Et puis ton visage me rappelle tant mon épouse défunte et toujours aimée. Il m'est douloureux de te voir, mais au moins autant de ne pas te voir. Il nous faut vaincre ce qui nous sépare avant qu'il ne soit trop tard. Sache que je t'ai toujours aimé et plus que tu ne peux l'imaginer. Mais, pour un guerrier comme pour un roi, il est difficile d'exprimer des sentiments tandis qu'à chaque instant il nous faut nous maîtriser et savoir cacher nos émotions. Ah, si seulement j'avais pu connaître mon père un peu mieux. Si cette joute avait été équitable, eh bien, il l'aurait emporté, mais ils ont triché. Que la traîtrise du Kosala soit damnée ! Personne n'est prêt pour sa propre mort !» La voix du souverain tremblait.

«Est-on jamais prêt à mourir ? remarqua Siddharta.

– Il y a quelque chose que je n'ai jamais eu la chance de dire à mon père – maintenant les mots coulaient de la bouche de Suddhodana –, et je ne veux pas faire la même erreur maintenant, avec toi. (Suddhodana plongea intensément son regard dans celui de Siddharta et répéta :) Je t'aime, mon fils.»

Suddhodana venait d'ouvrir largement son cœur, c'était un moment rare, doux et amer à la fois. «Que ces paroles puissent tomber sur ton âme comme des lys sur un lac clair. Puissent-elles flotter épanouies pour toujours, quoi qu'il arrive...»

Les yeux de Siddharta s'embuèrent. Avec effort il ravala ses larmes, et toute la chaleur de l'amour qu'il éprouvait pour son pauvre père si gauche s'exprima : « Et je t'aime, mon père. Je t'aime tant. Je suis... inspiré. Tu as ma parole. Demain je vaincrai. »

Ces émotions intenses et réciproques éclatèrent comme une bulle. Ils rirent et s'embrassèrent.

Les moustiques commençaient à bourdonner dans le crépuscule. Le père et le fils sautèrent à cheval, et, heureux d'être ensemble, heureux de ces sensations nouvelles, heureux de s'être ouvert leur cœur, ils rentrèrent au palais en faisant la course.

Regardant l'expression tendue de son père qui luttait autant contre le vent que contre ses propres angoisses, Siddharta tendit toute sa volonté.

Demain il vaincrait Virudaka.

La lumière du soleil levant était en partie assombrie par des nuages annonciateurs d'orage. La tempête soufflait si fort que le pont se balançait et que ses craquements se mêlaient aux sifflements du vent. Pourtant, la foule qui s'était rassemblée dès la nuit pour ne pas manquer le spectacle était joyeuse, les plaisanteries et les rires fusaient de toutes parts, comme si le peuple était insensible aux enjeux du tournoi. Les deux clans s'étaient retrouvés, chacun installé sur la prairie verdoyante de son territoire au bord du ravin profond et humide qui les séparait. Bien que le pont soit situé en territoire shakya, il était néanmoins à la frontière du Kosala.

De chaque côté des sièges de bois avaient été spécialement construits pour les membres de la famille royale et les personnages les plus importants de la cour. Sur une rive les habitants du Kosala, particulièrement braillards, entouraient leur monarque au nez acéré, ses épouses, ses brahmanes et la cour. L'humeur des gens de Prajenadi était à la fête.

Sur l'autre bord du ravin, autour de Suddhodana, se tenaient Asvapati le brahmane, Chandaka le conducteur de char, et Ananda. Les Shakyas étaient plus calmes que leurs voisins, car beaucoup craignaient pour leur prince bien-aimé. Et la tempête était sûrement signe de mauvais augure. Asvapati frissonnait. Il se tourna vers son roi et essaya de prendre un ton bougon pour lui dire : « Tu crois assez à l'oracle pour continuer à gâcher chaque jour la vie de ton fils, mais pas assez pour imaginer qu'il protégera Siddharta au moins assez longtemps pour qu'il devienne... un roi. Regarde comme tu es buté. »

Pour toute réponse, Suddhodana lança un regard furieux au brahmane.

À proximité de Prajenadi et de sa cour, une estrade avait été spécialement construite pour accueillir le « prix » de cette joute, la ravissante princesse Yasodhara, vêtue d'une robe d'un blanc éclatant couverte d'un manteau vert forêt. Les yeux clairs de la jeune fille étaient assombris par le chagrin ; depuis le festin qui avait suivi l'Aswamedha, elle était restée mélancolique, à la fois émue par le désir qu'avait exprimé Siddharta mais en même temps ulcérée d'être l'enjeu d'un tournoi comme une esclave.

Virudaka se tenait à côté de sa sœur, indifférent à sa peine. Il était en train d'endosser une armure splendide, une cotte de mailles avec les plaques de poitrine en argent, rehaussée d'opales et d'autres pierres. L'éléphant gravé sur le poitrail réfléchissait les rayons du soleil qui montait à l'est. Deux guerriers aidaient le combattant à s'équiper. Enfin, les aides placèrent sur sa tête un casque d'argent ouvragé.

Chez les Shakyas, Siddharta se concentrait les yeux clos, semblant oublier Ananda et Chandaka qui assistaient leur prince et ami et l'aidaient à revêtir son armure, bien moins somptueuse que celle de son concurrent. Siddharta s'était présenté dans une chemise de coton rouge couverte d'une simple cotte. Son bouclier rond de bronze et de bois qui lui fut présenté et mis en main par Ananda portait un aigle en train de prendre son essor gravé sur la plaque d'or qui le recouvrait. Pendant ce temps, Chandaka nouait des sandales de cuir aux pieds de Siddharta et le coiffait d'un casque rond en or.

Tous les Shakyas pensaient à la même chose : qui pouvait affronter la perfidie de Virudaka ?

Un son de trompe attira l'attention vers le chef des brahmanes du Kosala qui, avec son indéfectible dignité, s'approcha de Virudaka. Ils prièrent Indra le dieu de la Guerre d'accorder à leur camp succès et victoire.

Asvapati s'apprêtait lui-même à bénir longuement Siddharta quand le roi l'arrêta d'une main énergique : « Pas maintenant, brahmane, tu vas le distraire. »

Offensé par cette brutale et étrange interruption, le brahmane renonça à son discours avec philosophie.

Mais après réflexion, craignant apparemment la colère des dieux, Suddhodana ajouta : « Naturellement, que ceci ne t'empêche pas de prononcer quelques bonnes paroles. »

Les deux hommes se comprirent et Asvapati fit une brève invocation destinée à protéger le jeune homme.

Ananda fixait avec suspicion Virudaka de l'autre côté du ravin pendant qu'il recevait humblement la bénédiction de son brahmane, mais ne put s'empêcher de murmurer : « C'est un fourbe, mais c'est aussi un redoutable combattant. »

Glacial, Siddharta ne répondit pas, se contentant de lancer un regard à son adversaire. Calmement, il vérifia le harnachement de ses deux chevaux équipés de la tête à la queue avec des protections de cuir rouge et de bronze. Il noua les rênes de Kantaka, et regarda l'animal. Il avait pleinement confiance en son cheval adoré, le seul qu'il ait jamais voulu utiliser dans les circonstances délicates.

Ananda semblait de plus en plus abattu, et Siddharta essaya de le rassurer sur le ton de la plaisanterie : « Ne sois donc pas triste. Ne penses-tu pas que je puisse gagner ? »

L'heure du duel était arrivée. L'air bourdonnait d'agitation et de chuchotements passionnés échangés à voix basse. Sur la prairie où ils se tenaient, les hommes du Kosala se parlaient, certains même engageaient des paris. Les Shakyas, toujours aussi calmes, faisaient preuve de plus de réserve encore.

Siddharta prit place fièrement sur son char de bois, décoré de plaques d'or figurant Surya le dieu Soleil et ses sept coursiers. Il glissa son épée dans son fourreau et l'attacha à sa taille, puis assujettit à son dos son puissant arc rouge, un carquois rempli de flèches et une longueur de corde. Une froide détermination émanait de sa personne.

«Les hommes qui comptent sur les bénédictions ou sur la trahison sont généralement vulnérables, dit Siddharta à ses amis d'enfance en faisant reculer ses chevaux. Il leur manque l'arme la plus importante que le combattant puisse posséder : la confiance en soi.»

Ces paroles de bravoure arrachèrent un pauvre sourire aux visages anxieux qui l'entouraient. Le roi battit à peine des paupières. Son calme était trompeur ; jamais Suddhodana n'avait été aussi inquiet et crispé.

Siddharta se dirigea lentement vers sa place, à l'extrémité des racine tordues du banian. Ses chevaux secouèrent leur crinière et hennirent comme si eux aussi étaient conscients de l'imminence du danger.

Sur l'autre berge, Virudaka conduisait son char. Il était armé jusqu'aux dents et serrait son bouclier sur sa poitrine. Ses mâchoires étaient crispées de haine, son esprit tendu vers la pensée de détruire son adversaire. Il jeta un regard convenu à son général. «Le sac...» Subrepticement, le général du Kosala tendit un sac de cuir à Virudaka qui l'entrouvrit, jeta un œil à l'intérieur et sourit, confiant.

Tandis que Siddharta était dans l'expectative, Suddhodana, silencieusement, attira son attention : père et fils échangèrent un regard rempli d'amour. Siddharta savait combien son père avait peur pour lui, et il lui sourit, plein de confiance, avant de se tourner dans la direction de la princesse Yasodhara.

Le roi du Kosala s'extirpa de son siège. Le grand chambellan, vêtu d'une robe noire alourdie de broderie d'argent qui lui donnait l'air inquiétant, présenta à son monarque un arc magnifique entièrement doré. Prajenadi, soufflant et suffoquant, ajusta une flèche d'argent acérée sur la corde, banda l'arc et finalement envoya le projectile vers le ciel où une multitude de nuages annonçaient la tempête. La flèche décrivit une courbe puis redescendit, pour se ficher profondément dans une planche du pont. Elle était exactement au centre, à égale distance des deux concurrents. Le grand chambellan applaudit servilement son maître, puis avec un zèle un peu affecté récupéra l'arc. Enfin, manifestant toujours la même emphase consommée, il s'adressa aux deux princes chacun debout dans son char à une extrémité du pont, prêt à l'affrontement.

«Prince Siddharta des Shakyas, prince Virudaka du Kosala, la victoire appartiendra à celui qui retirera la flèche et l'enverra au centre de la fleur mandala.» Il désigna un beau mandala placé au sommet du banian tordu du côté du Kosala. Au centre il y avait un lotus d'or parfait, le cœur de la cible.

Le silence tomba et la tension monta encore d'un cran.

Le grand chambellan leva le drapeau du départ.

«Êtes-vous prêts pour le combat?» hurla-t-il.

Virudaka serra les mâchoires, résolu.

Siddharta resta impassible, il murmurait des paroles douces à Kantaka pour le rassurer.

Le grand chambellan abaissa le drapeau.

Les deux princes lancèrent leurs chevaux à bride abattue, les roues de leurs chars cognant les planches mal jointes en une course effrénée : il fallait atteindre la flèche le premier, s'en saisir et tirer. Les sabots des chevaux envoyaient de tous côtés des escarbilles de bois. Les racines entremêlées des banians craquaient, menaçantes, elle se tendaient sous le poids, vibrant au-dessus du précipice qui semblait sans fond.

Siddharta tira son épée en un mouvement rapide. La lame scintilla sous le reflet du soleil. Virudaka aussi tira son arme forgée dans un métal sombre et la brandit haut au-dessus de sa tête.

Les deux chars progressaient à une vitesse effrayante. Les deux hommes étaient penchés au-dehors, frôlant dangereusement le sol, se préparant à arracher la flèche. Ils atteignirent le but en même temps, chacun évitant adroitement le coup d'épée de son adversaire. Le bruit du métal résonna lorsque les lames heurtèrent les armures.

S'étant croisés sans se heurter, les combattants firent demi tour, hurlant leurs ordres à leurs chevaux pour le prochain assaut, puis coururent à nouveau l'un vers l'autre comme dans un tourbillon.

Alors que Siddharta se penchait à nouveau hors de son char pour attraper la flèche, Virudaka changea de stratégie. Il bloqua ses guides sur la poignée de son char, abandonna son épée et saisit son arc du même mouvement pour décocher une flèche directement sur Siddharta. Tiré en position déséquilibrée et la corde mal tendue, le trait manquait de force. Siddharta le dévia facilement avec son bouclier et, au moment où les chariots se croisaient, il évita promptement le coup de taille de l'épée que son adversaire avait ressaisie. Les armes s'entrechoquèrent, faisant voler une gerbe d'étincelles. Lorsque les flancs des chevaux se frôlèrent, ils hennirent profondément et agitèrent leurs crinières.

Les deux hommes se préparaient à une nouvelle passe d'armes. Les branches grinçaient, tendues à se rompre sous le poids des chariots. Le bruit du métal et des sabots résonnait dans l'air qui s'épaississait, transformant rapidement le paysage en ombres grises. Les première gouttes de pluies tombèrent du ciel noir et on entendit rouler au loin le tonnerre en un sinistre présage, comme si sa rumeur émanait de la terre elle-même.

Siddharta laissa son cheval Kantaka conduire seul le char. Les mains libres, il prit son arc et visa le harnais qui reliait le char et les chevaux de Virudaka. La flèche siffla dans l'air et atteignit son but, mais sans grand effet, car le harnais de Virudaka était renforcé de métal. Alors que Siddharta' qui avait repris ses guides, passait devant lui, ses roues faisant jaillir de grandes gerbes d'eau, Ananda cria en guise de bravade à travers la pluie : «Aurais-tu perdu la main, Siddharta?»

Siddharta sourit et hurla à son tour : «Nous allons voir...» Sa réponse était à peine audible sous le vacarme. Saisis d'une même inquiétude, Asvapati, Ananda et Chandaka se serraient autour du roi. Chandaka se tenait derrière son siège; ses articulations étaient devenues aussi blanches que celles du roi. À voix basse le roi exprima ses doutes :

«Ananda, l'équipement de Virudaka, regarde, il est renforcé de métal.»

Ananda chuchota : «Il faut qu'il essaie les pointes de quartz.»

Péniblement, Siddharta glissa une flèche à pointe de quartz sur la corde de son arc. Virudaka regarda l'arc avec méfiance et leva son bouclier. Lorsque le char de son adversaire fut assez proche, Siddharta décocha son trait, mais il ne rompit le harnais de son ennemi qu'en partie.

Le prince Virudaka fronça les sourcils, et saisit le sac mystérieux qu'il avait pris au dernier moment tout en continuant de presser ses chevaux fatigués de la voix.

Une fois encore, les deux chars se croisèrent. Alors que l'attention de Siddharta était concentrée sur le tir d'une seconde flèche à pointe de quartz, Virudaka lança le sac, courroies dénouées, entre les chevaux de Siddharta.

Glacé d'horreur en se souvenant de la mort de son propre père, Suddhodana sauta sur ses pieds et poussa un cri, pendant qu'Asvapati et les deux jeunes gens se tenaient les yeux exorbités, la bouche ouverte, incapables de prononcer un mot. Les Shakyas criaient, mais les mots se perdaient sous la pluie.

Des petits reptiles à fines rayures brunes et noires, porteurs d'un venin mortel, s'échappèrent du sac : des serpents tigres. Ils se glissèrent sous l'armure du cheval bai attelé à côté de Kantaka.

Des éclairs parcouraient le ciel de plomb et les cieux laissaient échapper des trombes d'eau. L'air dense vibrait à chaque éclair. Le tonnerre se mêlait aux hennissements affolés des chevaux de Siddharta. Le bai qui sentait les serpents contre sa robe ruait et se cabrait, tentant de se débarrasser des reptiles. Kantaka restait relativement calme, mais tous les efforts de Siddharta pour apaiser le cheval bai restaient vains. Fou de terreur, il tirait avec frénésie vers le précipice, entraînant avec lui Kantaka et le char.

Le groupe des Shakyas s'était levé comme un seul homme, pâles, consternés, les mains au-dessus des yeux, tentant de discerner ce qui se passait à travers la pluie. Yasodhara avait tout vu et elle se crispa, le visage raidi par l'appréhension, tandis que ses cheveux trempés plaqués contre son crâne la rendaient plus belle encore.

De toutes ses forces, Siddharta pesait sur ses rênes, essayant d'écarter les chevaux de la bordure du pont et de ramener le véhicule sur les planches mouillées. Mais lorsque le tonnerre éclata près d'eux, les animaux affolés sursautèrent et galopèrent comme des démons, se précipitant vers l'extrémité du pont où se tenaient les Shakyas. Siddharta était hagard et luttait de toutes ses forces pour arrêter la course folle. Tout à coup, une roue du chariot décolla et il tomba dans le ravin, tandis que la rambarde se brisait sous le poids de son corps.

Tous les spectateurs, Kosalas ou Shakyas, retinrent leur respiration et, d'un même mouvement, leurs regards se tournèrent vers le pont. Incrédulité, angoisse, peur, désespoir, peine et joie se lisaient sur ces visages, quand, à travers le rideau de pluie, ils virent des doigts ensanglantés sous les racines du banian. Avec une peine immense, Siddharta saisit une prise ferme sur le bord des planches glissante. Lentement et péniblement, centimètre par centimètre, Siddharta se hissait, gêné par le poids de ses vêtements et de son armure qu'alourdissait la pluie. En même temps, Suddhodana et Yasodhara, chacun d'un côté du pont, crurent défaillir de soulagement. Des larmes coulaient de leurs yeux. À travers l'angoisse et la peur qu'ils avaient éprouvées pour Siddharta, chacun avait remarqué l'autre et une compréhension mutuelle était née. Virudaka s'en aperçut. Il grimaça, ses yeux jetait des éclairs de vengeance. «Ainsi s'en va ton espoir, petite sœur!» hurla-t-il à travers le vent. Fouettant ses chevaux avec frénésie, le prince du Kosala lança son chariot vers son adversaire désarmé. Rassemblant ses esprits en un effort désespéré, Suddhodana tenta d'interrompre le concours. «Arrêtez, c'est une trahison!»

Mais avant que la demande du roi ait pu être entendue, le char de Virudaka fit une embardée à la hauteur de Siddharta, qui venait juste de parvenir à se hisser sur la plateforme et était à quelques mètres de l'extrémité du pont; il fut repoussé vers la rambarde. Pour éviter d'être fauché par le char, Siddharta dut s'effacer si brusquement qu'il perdit à nouveau l'équilibre.

Les Shakyas hurlèrent de stupeur en voyant Siddharta retomber dans le précipice abyssal la tête la première.

Suddhodana était effondré, sa poitrine lui faisait mal, comme si une liane lui enserrait le cœur, le pressant de plus en plus et l'empêchant de respirer.

Asvapati ahanait péniblement, mais ne pouvait s'empêcher d'admirer les adversaires qui combattaient comme les anciens dieux, superbes dans leur arrogance, et sans pitié.

Yasodhara, elle, était horrifiée, incapable de se détourner, ses larmes se mêlaient à la pluie, un cri de terreur bloqué dans sa gorge.

Les deux seuls capables de bouger étaient Chandaka et Ananda, qui coururent dans la boue glissante jusqu'au bord du précipice, anxieux de ce qu'ils pourraient voir.

Siddharta était accroché à un gros arbre qui poussait sur la paroi à pic, à une hauteur d'homme seulement du sommet. Mais le soulagement des deux Shakyas fut de courte durée. Le ciel frappa l'arbre d'un éclair violent, projetant Siddharta contre le rocher déchiqueté. Son corps heurta la paroi avec un bruit sourd, mais Siddharta, sanglant et grimaçant de douleur, se hissa vivement pour atteindre une prise à la surface glissante. Pourtant, il ne pouvait s'accrocher ni à la végétation ni au sol boueux, et un mouvement inexorable paraissait l'entraîner vers le fond. Alors qu'il était sur le point de glisser au fond de la crevasse, dans un moment de grande lucidité, il planta une de ses flèches à pointe de quartz comme un piton et arrêta ainsi sa chute. Ravalant sa douleur, il se servit de sa main libre et de ses dents pour saisir une extrémité de la corde et l'attacher à la hampe d'une autre flèche. L'enfilant sur son arc et, s'aidant toujours de ses dents, il réussit à tendre la corde. Le projectile vola à travers la pluie et se ficha dans une des racines du pont vivant. L'arc autour du cou, tenant la corde fermement à deux mains, haletant, Siddharta s'écarta de la paroi lisse et se balança, prenant de l'élan en se repoussant du pied.

Virudaka fit demi-tour avec son chariot. Comme un dieu noir, il hurlait à son camp et lança ses chevaux vers la flèche – et la victoire. En même temps, les Shakyas et les Kosalas renoncèrent à toute prétention à une conduite digne, hurlant des malédictions, proférant des menaces, criant des encouragements, jurant aux dieux et à tout ce que l'on voulait.

Siddharta se balançait de plus en plus fort, gagnant du ballant à chaque mouvement. À la dernière tentative, il bondit et atterrit, les bras écartés, sur le côté opposé du précipice juste en dessous de la surface, là où la pente était assez douce pour qu'il ne soit plus attiré vers le gouffre. Ses mains s'accrochaient à la terre détrempée et ses sandales prenaient un meilleur appui. Assurant son équilibre d'une main, Siddharta ajusta une dernière flèche à son arc à l'aide de ses dents.

Au moment même où Virudaka se penchait hors de son char pour s'emparer de l'enjeu du tournoi, Siddharta tendit la corde de l'arc et lâcha son projectile d'un tir purement instinctif. La flèche traversa l'air et transperça proprement la main de Virudaka, à quelques millimètres de l'enjeu.

Hurlant de douleur sous le choc, Virudaka fixait incrédule la pointe qui ressortait de sa paume. Rassemblant son courage, en rugissant il retira le projectile de sa main. Les gens du Kosala acclamèrent cet acte de bravoure et Virudaka accueillit leurs vivats d'un sourire maussade.

Utilisant de nouveau sa corde avec ses mains en sang, Siddharta reprit de l'élan. Quand son corps arriva au niveau de la plate-forme, il fit un dernier bond. Avec un soupir de soulagement il empoigna le bois noueux saillant sur le côté opposé du ravin et se hissa sur le pont.

Suddhodana transpirait abondamment en dépit du froid, et la pluie dissimulait ses larmes. Lorsqu'il vit son fils les deux pieds à nouveau campés sur le pont, il retomba dans son siège avec un profond soupir. Les yeux fermés, Asvapati priait tous les dieux qu'il connaissait.

Les yeux angoissés de Yasodhara croisèrent ceux de Siddharta quand il remonta dans son char dont Ananda lui tendait les rênes.

Les deux amis virent les corps des serpents tigres écrasés, et leur cœur se serra. Ananda et Siddharta échangèrent un regard, comme ils le faisaient lorsqu'ils étaient enfants, chacun devinant les pensées de l'autre. Un éclair de malice apparut dans les yeux de Siddharta : « Regarde bien. »

Le prince fit tourner bride à ses chevaux et galopa vers la flèche toujours fichée au milieu du pont.

Quand Virudaka vit que tout était à recommencer, oubliant sa blessure, il prit ses rênes de sa main valide et hurla à ses chevaux.

« Non ! Je ne le laisserai pas l'attraper. »

Les deux princes fonçaient l'un vers l'autre comme habités de folie. Le visage de Virudaka était déformé par la haine, sa main blessée saignait abondamment. Siddharta restait calme, tout à sa course. Alors que tous deux se précipitaient et que leurs chars craquaient, ils ressemblaient aux anciens dieux du tonnerre : pareils à Idra, vainqueur de la guerre des dieux, ils élevèrent leurs bras, comme s'ils anticipaient un coup mortel.

De manière inattendue, Siddharta arrêta son char en faisant crisser les roues, les sabots des chevaux glissant sur le bois mouillé juste quelques mètres avant la flèche.

À son tour, Virudaka tira violemment sur ses rênes, freinant également ses chevaux qui se cabrèrent sous le choc. Il regarda le Shakya avec méfiance, ne pouvant décider du sens à donner à cette manœuvre. Il y eut un instant d'indécision où les deux ennemis se regardèrent immobiles ; on n'entendait plus que la pluie. Décidant de prendre avantage de ce qui lui paraissait être une hésitation de son ennemi, Virudaka rompit la pause, fouetta ses chevaux et se précipita vers la flèche.

Siddharta attendit de sentir son équilibre sur le chariot immobile et, attentif à bien coordonner sa respiration, tira une flèche dans les rênes de l'adversaire. Cette fois il parvint à les rompre et les chevaux s'arrêtèrent brutalement, éjectant Virudaka. Écumant de rage, son armure trempée de sang et de sueur, il feula et recommença à avancer vers la flèche, tombant, se redressant, mi-rampant, mi-courant.

Siddharta se tenait debout, les épaules rejetées en arrière, tandis que la pluie ruisselait et le lavait de son sang. Il avait retrouvé sa sérénité. Il observait la fureur de son adversaire avec curiosité et distance. Il ajusta doucement une autre flèche puis tira. Le projectile vola et se ficha dans la sandale de Virudaka, le clouant au pont.

Les cris de douleur du Kosala se perdaient sous la pluie. Virudaka s'efforçait de se débarrasser de sa sandale lorsqu'une deuxième flèche fixa sa seconde sandale. Il pâlit. Le char de Siddharta avançait droit sur lui. Geignant de rage et de frustration, Virudaka s'agitait pour libérer ses pieds alors que les chevaux de guerre du Shakya avançaient comme la tempête.

Emporté par le besoin de faire partager sa joie, le roi Suddhodana attrapait Asvapati, et le secouait comme s'il agitait son sceptre. Penché par-dessus son char de guerre, Siddharta arracha la flèche alors que son ennemi se couvrait le visage attendant d'être écrasé. Un instant avant le choc, il fit dévier son char et l'immobilisa.

Il y eut un autre moment de silence absolu.

Siddharta pressa la flèche contre son front. Puis il visa la cible et laissa vibrer la corde de son arc. La flèche partit, suspendant le souffle de tous les spectateurs, et alla se ficher au centre, au cœur des pétales blancs du mandala de la vie.

Prajenadi regarda le prince victorieux puis sa fille radieuse, et pensivement agita son menton.

CHAPITRE 6

Le mariage

Après la joute du pont vivant, il ne fut plus question dans les deux royaumes que de la préparation du mariage de Siddharta et Yasodhara. Les deux souverains voyaient dans cette union une conclusion heureuse à des années de conflits et de rivalités. Seul Virudaka était plein d'amertume, mais n'osait pas trop le montrer.

La cérémonie devait se dérouler dans les collines qui s'étendent sur des lieues dans le piémont himalayen. Un camp avait été aménagé sur un de ces sommets pour accueillir une multitude d'invités. Au centre, on avait érigé un pavillon qui abriterait le rituel même du mariage. Son toit de fine toile jaune était retenu en son centre par un mât immense en haut duquel dominait un aigle de bronze portant dans ses serres le disque du Monde. Les côtés étaient fixés à une structure de bois reposant sur de fines colonnes, incrustées de nacre et sculptées de cobras enlacés aux capuchons largement déployés en signe de protection.

Quelques dizaines de personnes pouvaient s'abriter sous ce dais qui tamisait les rayons du soleil et éclairait tout d'une lumière dorée. Les côtés étaient largement ouverts sur la nature. À droite, la calme rivière Aciravati coulait doucement sur les cailloux et les rochers en jouant une douce musique. À gauche, au-delà d'un verger de pommiers, les collines dessinaient des vagues vertes, sans fin.

Au centre du pavillon était dressée une petite tente, Yasodhara s'y préparait et s'y recueillait, isolée de son futur époux et du reste du monde. À l'intérieur brûlaient une multitude de petites lampes. Au centre, entre les coussins sur lesquels devait s'agenouiller le couple royal, un grand arc était fixé dans le sol, et, posé à côté, un bol de riz. Sur la partie droite du pavillon, entre les colonnes, les femmes de la famille royale du Kosala s'étaient installées, habillées de soies bleues légères et de voiles assortis posés sur leurs cheveux. Leurs plus beaux bijoux d'argent entrelacés étaient attaché à leurs cous et leurs bras. Leurs yeux étaient soulignés d'épais traits de khôl. Sur le côté gauche, les hommes de la famille royale du Kosala avaient pris place, vêtus de dhotis de coton et de soie bleu foncé. Autour de leurs cous brillaient aussi des bijoux d'argent sombre.

Les Shakyas étaient au centre du pavillon, tournant le dos à l'entrée : le roi Suddhodana et sa cour tous vêtus d'or et de pourpre, à l'exception d'Asvapati qui portait le vêtement blanc de sa fonction, noué autour de ses épaules. Des bijoux d'or ornaient leurs cous, des bracelets ciselés leurs bras. Siddharta resplendissait de joie, habillé d'une dhoti rouge rebrodée de lions en fils d'or. À la perspective de la cérémonie, leurs visages rayonnaient. Derrière le roi, le brahmane et le prince Ananda, Chandaka et vingt autres jeunes Shakyas, cousins, neveux ou amis d'enfance, étaient figés, les yeux fixés sur la tente qui dissimulait la silhouette de Yasodhara. Ils avaient passé des heures à se préparer, lissant leurs cheveux noirs et les réunissant en un chignon parfait. Ils étaient la fleur de la jeunesse, éclatant de force et de santé, des tuniques blanches drapées autour de leurs hanches et de leurs épaules, de vrais kshatryas, prêts pour la vie et l'action.

Le roi Prajenadi était au fond, indifférent à la cérémonie, mais spéculait sur tous les avantages que cette union lui apporterait. Le prince Virudaka se tenait à côté de son père, son cœur bouillant de rage, ses yeux noirs de colère. Son esprit ruminait les défaites successives qu'il avait essuyées ;

sans répit, il réfléchissait et gardait toujours l'espoir de rompre cette union.

Lorsque le brahmane du Kosala fut prêt à commencer la cérémonie, Virudaka s'avança menaçant :

« Juste un moment. »

Chacun se tut. Ceux qui rêvaient avec nostalgie au temps heureux de leur propre mariage furent ramenés brutalement à la réalité, et les jeunes gens cessèrent de penser à leur apparence.

« Grand roi Suddhodana, dit le prince, se plaçant face au souverain avec un sourire ambigu. Je crois que nous avons négligé une des coutumes de votre peuple ; je vous présente mes excuses et celles des miens pour cet oubli. »

Tout le monde se regardait, personne ne semblait comprendre. Le prince était visiblement satisfait de son effet ; ses minces narines frémissaient de plaisir et d'impatience.

« Je suis très intrigué, cher prince, répondit Suddhodana en avançant d'un pas. À quelle coutume pensez-vous ?

– Roi Suddhodana, voyant maintenant que nous sommes si proches, j'ai pris sur moi de me renseigner sur vos usages. J'ai appris que lorsqu'un prince de sang royal épouse une princesse de même rang il doit conquérir sa main en remportant un concours de tir à l'arc qui l'oppose à ses pairs. »

Suddhodana secouait la tête, désespéré : cette coutume était tombée en désuétude depuis très longtemps, mais elle avait existé, c'était indéniable. Le roi hésitait entre la rage et le découragement : ce bâtard inventerait-il toujours de nouvelles épreuves et de nouveaux obstacles ?

Siddharta s'avança à son tour, magnifique dans son habit nuptial. Il dominait sa colère et son visage ne reflétait que la sérénité. Il se forçait à se souvenir une fois encore que Virudaka n'était guère un adversaire chanceux : « Prince Virudaka, il est très aimable et très courtois de ta part d'avoir utilisé ton temps si précieux pour te familiariser avec nos lois. Tu as toute ma gratitude. Nous ne voulons pas jouer avec ta patience, mais puisque tu as manifesté le désir de te plier à nos coutumes, qu'il en soit ainsi. » Apparemment,

Virudaka ne connaissait pas le talent d'archer de Siddharta. Le moyen le plus rapide et le plus facile pour éviter de compromettre le mariage était d'accepter ce concours. Le prince du Kosala avait raison : c'était la coutume.

Se tournant alors vers les jeunes nobles de son clan, Siddharta ordonna : « Allons-y. »

Les hommes sortirent ensemble, soupçonnant de nouveaux pièges.

Les yeux sombres de Suddhodana étaient devenus graves. Il songeait que, quelle que soit la nouvelle traîtrise qu'avait inventée Virudaka, de toute façon ce serait la dernière. Se tournant vers les hommes qui se tenaient devant le pavillon, il énonça la règle d'une voix sèche :

« Il en sera suivant notre coutume. Vous jeunes nobles, Shakyas de bonne renommée, dit-il en montrant les jeunes gens qui se tenaient sur le côté, l'air ébahis et inquiets. Mettez-vous à cinquante pas du mât et, un par un, vous viserez l'aigle, le symbole solaire de la conquête impériale, tout en haut du bois. La princesse Yasodhara épousera celui qui aura atteint l'œil de l'aigle. Que l'on apporte l'arc sacré qui bénira le mariage royal. »

Sous le pavillon, les chuchotis des femmes s'amplifiaient jusqu'à devenir un brouhaha.

« Silence ! » lança Prajenadi en direction de la tente. Il était furieux et essayait de comprendre ce qui avait poussé son fils à vouloir saboter le mariage qui constituait finalement un excellent arrangement économique.

Un courtisan de Suddhodana se vit confier la tâche de mesurer les cinquante pas sous le contrôle de deux brahmanes, plus enclins à se surveiller mutuellement qu'à vérifier les mesures. La tension du moment ne permettait guère de tergiversations et obligeait les deux prêtres à se mettre d'accord sans délai. Les brahmanes se regardèrent l'un l'autre et s'apprécièrent mutuellement.

« Attends… interrompit Virudaka alors que Siddharta, Ananda, Chandaka et les autres jeunes Shakyas s'apprêtaient à prendre position sur la ligne. J'ai une requête à exprimer. Je voudrais aussi participer à ce concours. Prince Siddharta, tu sais que je suis opposé au mariage de ma sœur, aussi accepteras-tu si je gagnes que je puisse choisir un autre prix.»

Siddharta regarda Virudaka intensément. Yasodhara avait éclaté en sanglots qui s'entendaient à l'extérieur de la tente, et cela augmentait encore la rage froide du Shakya.

«Quel prix veux-tu, prince Virudaka? demanda Siddharta.

– Le mariage annulé et le retour de ma sœur au Kosala.»

Les paroles de Virudaka inquiétèrent Prajenadi. Les bénéfices et le commerce qu'il avait déjà envisagés s'envolaient déjà sous ses yeux. Ses sourcils se levèrent en guise de réponse.

«Mon fils a outrepassé son pouvoir, il n'a aucun droit pour réclamer cela. Considère sa demande comme annulée.» Les petits yeux de Prajenadi étaient volontaires, ils avaient même une trace de sincérité. Suddhodana le regarda à son tour. Siddharta se tourna vers ses compagnons et dit sèchement : «Au contraire, j'accepte. Commençons.»

Tous les jeunes gens prirent place les uns derrière les autres en fonction de leur rang. D'abord les fils de courtisans, puis les nobles, ceux qui étaient liés à la famille royale et enfin les deux princes. L'arc était immense, aussi haut que Siddharta qui, avec Chandaka et Ananda, était le plus grand des participants au concours.

Le premier candidat ne put même pas tendre l'arc, il en fut de même pour les cinq suivants. L'arme était faite de cornes de chèvre, très dure et très forte, et la légende disait qu'elle avait été donné à un ancêtre des Gautama par un génie de la montagne. La corde était épaisse, rêche même pour des mains expérimentées. L'un après l'autre, les jeunes gens s'essayèrent en vain. Le plus fort arriva tout juste à bander l'arc, un autre plus chanceux tira une flèche maladroite qui tomba loin du but.

Ce fut le tour d'Ananda. Il regarda Siddharta en s'excusant, et sourit. Siddharta lui répondit d'un clin d'œil. Un air de tristesse apparut sur le visage d'Ananda lorsqu'il essaya de se concentrer. Un grand effort amena la corde contre sa poitrine. Chacun pouvait voir que son cœur n'y était pas. La flèche partit et tomba sur le côté, loin devant le mât, si loin que ce ne pouvait être que délibéré.

Chandaka s'approcha de la ligne de tir. Il se tenait la tête haute, ses lèvres retroussées dans un sourire presque provocateur. Seuls Ananda et Siddharta connaissaient la réserve du jeune homme, et savaient combien il détestait ce genre de manifestations publiques. Le caractère secret de sa mère l'avait marqué, et sa règle de vie était que si personne ne sait que vous existez personne ne vous causera de tort. Chandaka prit rapidement l'arc des mains d'Ananda, accomplit tous les gestes nécessaires aussi vite que possible, gêné par les regards du public. Comme les autres, pourtant, il se tint la tête droite, la poitrine sortie et les épaules en arrière, la jambe droite immobile et bien verticale, la gauche tendue et légèrement oblique, ses pieds écartés symétriquement. Son corps formait un triangle parfait. Doucement, il tira la corde jusqu'à ce qu'elle soit tendue et, soudainement, lâcha la flèche. Elle siffla dans l'air, filant vers son but... Prajenadi pâlit. Sa fille, le lys de ses yeux, devrait-elle se marier avec un conducteur de char?

La flèche manqua l'aigle d'un rien. Haussant les épaules, Chandaka passa l'arc sans façon à Virudaka.

Il n'y avait plus que les deux princes à concourir. Ils se regardaient l'un l'autre, les deux rois s'observaient aussi mutuellement, tout comme les deux brahmanes.

Le silence s'appesantit.

Virudaka, avec une politesse affectée, offrit la première place à Siddharta qui, avec non moins de démonstrations de courtoisie, fit mine de lui laisser la place. Virudaka s'inclina, joignant les deux mains devant son front, et tendit l'arc à son rival.

Tout le monde soupira. Le soleil avait atteint son zénith.

Suddhodana fit un signe du bras. «Cela suffit, Virudaka

est notre hôte ici. Prince Virudaka c'est à toi de tirer le premier.»

Virudaka, ne pouvant décliner, prit l'arc et se mit en position. «Cet imbécile ne doit pas savoir que je suis un excellent archer, qu'en gagnant ce concours je gagnerai plus tard son territoire et qu'avec ce mérite je serai enfin reconnu comme le héros que je suis vraiment», pensait le fils de Prajenadi. Faisant jouer ses muscles, il tira méticuleusement la corde, pouce après pouce, savourant cette occasion de montrer sa force. L'arc était bandé au maximum.

En dépit de sa main blessée et toujours douloureuse, Virudaka se bloqua dans cette attitude : il voulait que chacun l'admire. Mais, juste au moment où son esprit commandait à ses doigts handicapés de relâcher leur pression sur la flèche, un nuage obscurcit le ciel et rompit sa concentration à la seconde vitale où il décochait la flèche.

Elle siffla dans l'air, vrilla et manqua l'aigle de quelques pouces. En un même mouvement les Kosalas et les Shakyas sursautèrent et soupirèrent.

Virudaka hurla, mortifié.

Sans un mot, Siddharta prit l'arc du poing blessé de Virudaka et se positionna sur la ligne.

«Vas-y, Siddharta, tu peux y arriver!» encouragea Prajenadi d'une voix troublée, surpris de sa propre réaction et comme s'il craignait que le prince puisse faillir ou ait besoin d'appuis. Piqué au plus profond, Virudaka regarda son père, l'air mauvais. La jalousie et le dégoût remplissaient son cœur.

Les invités stupéfaits s'étaient tournés vers Prajenadi. Les sourcils de Suddhodana étaient complètement relevés, il regardait le monarque kosala attentivement. Il s'était fait une idée juste de l'homme, et finalement il était plutôt content de la tournure que prenaient les choses. Les deux brahmanes se regardait pleins de connivence, même Siddharta s'arrêta au milieu de son geste et tourna la tête pour regarder lui aussi vers Prajenadi avant de revenir à son objectif. Immobile comme une statue, les yeux brûlants,

Siddharta plissa le front en se concentrant. Avec une fluidité de mouvement impressionnante, en dépit de la résistance de l'arc, il tendit la corde. La flèche prête, il fit une pause en pleine extension. La puissante corde relâcha le projectile avec un bruit sec plaisant, créant une douce vibration dans l'air autour de l'arc.

La flèche fila droit vers le mât et se ficha dans l'œil de l'aigle.

Sans attendre une seconde que les brahmanes annoncent les résultats, enveloppant dans un geste tous ceux qui étaient là, Prajenadi déclara :

« Que le mariage commence. »

Un par un les hommes retournèrent sous le pavillon, passant devant les femmes qui avaient suivi les derniers événements à distance.

« Le mariage sera célébré comme prévu », annonça le brahmane du Kosala, soulagé. Un autre choix aurait brisé le cœur de la princesse qu'il avait toujours considérée comme sa protégée. Chacun reprit la place qu'il occupait au début de cette journée : les Kosalas à droite, les Shakyas à gauche, le brahmane du Kosala face aux deux monarques et Siddharta au centre.

Le brahmane de Prajenadi prononça solennellement les premiers mots de l'ancien serment de la cérémonie de l'Union : « Qui donne la vierge ? »

Le rite commençait.

Le roi Prajenadi répondit joyeusement d'un ton ferme : « Je la donne. »

Obligé de suivre la coutume, le prince Virudaka dut offrir une coupe d'argent remplie de lait caillé et de miel doux au roi Suddhodana, qui but le mélange d'un trait et sourit ostensiblement pour que nul n'ignore sa satisfaction. Puis Virudaka fit la même chose pour Siddharta. Lorsque celui-ci eut absorbé le breuvage, il rendit le calice à Virudaka qui le reçut avec sa main droite estropiée et le posa par terre à côté de la première coupe.

Virudaka, fixant Suddhodana, lui chuchota méchamment à l'oreille : « Souviens-toi, aucun rituel ni sur terre ni dans les cieux ne pourra jamais unir nos familles.» Les deux hommes pouvaient lire leur haine mutuelle. Surpris par la menace de Virudaka, et soucieux avant tout de l'empêcher de gâcher encore ce moment, Siddharta décida d'agir courtoisement pour éviter un autre incident.

« Mon futur frère a un jugement très subtil ! dit-il gentiment. Ces rituels sont naturellement tout à fait vides de sens. Comme le sont les concours de bravoure. En fait, si votre esprit même n'accomplit pas les rites ou les gestes, tout est destiné à échouer !

– Merci pour ce rappel, Siddharta.» Asvapati était très fier de voir comment son élève faisait pour éviter des complications futures. Ce serait un roi sage et un grand diplomate.

Le brahmane du Kosala attira le fiancé vers lui : « Viens, Siddharta, entre et prends ta femme, Yasodhara.» La voix du célébrant était ferme et encourageante.

Incapable de cacher sa nervosité et son désir de voir sa femme, Siddharta avança dans la tente un peu plus vite que ne le demandait le protocole, ce que tous les participants considérèrent avec indulgence et amusement.

Il s'arrêta dans la lumière vacillante de la lampe, admirant la beauté de sa jeune épouse. Les deux fiancés se tinrent les mains jointes devant le front, captivés l'un par l'autre, oubliant tout ce qui les entourait.

Plein d'espoir, Suddhodana regardait son fils pénétrer dans la tente au centre du pavillon ; tout cela remuait en lui des souvenirs lointains, mais alors c'était lui le jeune fiancé venu prendre son épouse, la mère de Siddharta.

Yasodhara, les yeux pleins de rêves, était resplendissante dans son vêtement de soie rouge habilement drapé. Elle s'était levée à l'aube pour se préparer, et longtemps les servantes s'étaient activées autour d'elle pour la baigner, la parfumer. Elles avaient soigneusement coiffé ses cheveux avec des peignes de santal et les avaient relevés en une épaisse natte autour de sa tête, puis elles y avaient répandu de la poudre d'or avant de poser un léger voile de soie assorti à son vêtement. Des colliers et des bracelets de rubis rehaussaient la beauté de la princesse kosala. Un rubis était également piqué dans sa narine gauche. De minuscules lions pendaient à ses oreilles. Une guirlande de fleurs fraîches remplissaient l'air de leur parfum délicat. Pour la première fois, Yasodhara portait les couleurs des Shakyas.

Siddharta et la jeune femme s'agenouillèrent face à face.

Le couple ne pouvait voir que la silhouette du prêtre du Kosala, dessinée contre le rideau de la toile intérieure. Sa voix filtrait à travers, énonçant à voix basse les formules rituelles du mariage. Personne d'autre ne parlait, car ce moment de la cérémonie était réservé au seul couple.

«Que Brahma vous donne une nombreuse descendance et vous comble de ses bienfaits jusqu'à un âge avancé. Suvriktim Indraya Brahma Swayamara.»

Siddharta prit les mains de Yasodhara. Les deux amants se regardaient profondément dans les yeux, s'immergeant l'un dans l'autre.

Lorsque vint le moment où Siddharta devait prendre la parole, Yasodhara ouvrit son cœur pour absorber les paroles du jeune homme au plus intime d'elle-même, certaine qu'elle ne les oublierait plus jamais.

«Comme mon ombre, tu seras à moi pour toujours. Pour te chérir, dans la joie et dans la peine, et jusqu'à la mort, tu tiendras ma main.» Siddharta parlait calmement mais avec une grande ferveur.

«Comme mon ombre, ma vertu me liera à toi comme ta femme. Pour te chérir dans la joie et dans la peine pour être tienne dans la vie et dans la mort», répondit Yasodhara non moins prise par l'émotion.

Siddharta attrapa le ruban blanc sacré, attachant une extrémité au poignet de Yasodhara et l'autre à son propre poignet. Le ruban les reliait comme s'ils n'étaient plus qu'un. Siddharta dit encore l'engagement de l'âge ancien des Rigveda : «À partir de ce jour, Yasodhara, nous ne serons plus qu'un, en esprit, en actes et en sensations. Tu es la mélodie et moi les paroles.» Yasodhara répondit doucement par les mots sacrés : «Un en esprit, en actes, en sensations. Toi les paroles et moi la mélodie.»

Les yeux dans les yeux, leurs mains fortement serrées dans un geste symbolique d'unité, Yasodhara et Siddharta étaient inséparables pour le monde et pour eux-mêmes.

Le couple sortit de la tente. Ils se présentèrent ensemble devant leurs familles et amis. Asvapati apporta le riz et l'arc du mariage, et plaça ce dernier entre eux, de façon que chacun puisse le voir. Le riz sacré fut jeté sur le couple.

La cérémonie terminée, les Kosalas et les Shakyas quittèrent le pavillon précédés par le couple resplendissant.

Les Kosalas commencèrent immédiatement les préparatifs pour s'en retourner dans leur pays.

Un silence prolongé s'installa entre Prajenadi et Virudaka, une circonspection mutuelle était née entre eux.

Ils saluèrent les Shakyas qui à la hâte retournèrent vers Kapilavastu.

Les Kosalas reprirent la route de leur pays. Prajenadi se sentait heureux du mariage de sa fille et plus encore des accords commerciaux conclus à cette occasion. Mais il ne pouvait s'empêcher d'éprouver de la suspicion à l'égard de son fils. Celui-ci n'avait visiblement qu'une idée : écraser les Shakyas. Quel que soit le prix pour parvenir à ses fins, il était prêt à tout y compris, s'il le fallait, à mettre en jeu son propre royaume, sa famille et... Prajenadi n'osait poursuivre ses pensées. Fallait-il vraiment que Virudaka devienne roi ? Le jeune homme regardait son père : si seulement c'était lui, Virudaka, qui était roi à la place de ce souverain mou et indécis, alors le sort de Siddharta et de tous les Shakyas serait vite réglé.

CHAPITRE 7

Une chasse pour un royaume

Au Kosala, la vie avait repris son cours. Paysans et fermiers s'épuisaient à la tâche pour un unique et maigre repas qu'ils prenaient à la fin du jour. Les artisans s'affairaient pour satisfaire les désirs raffinés de leurs clients, les commerçants comptaient leurs bénéfices et attendaient le retour des caravanes chargées d'épices, d'or, de soie et de pierres rares. Autour du roi, les intrigues avaient repris, les courtisans se disputant qui les faveurs du monarque, qui celles de Virudaka, qui celles des brahmanes. Prajenadi et Virudaka étaient absents de leur capitale, partis chasser en compagnie du chef des brahmanes, de leur hôte du Magadha et de quelques courtisans privilégiés.

La saison de la chasse avait débuté. Les paysans portaient encore leurs larges chapeaux de bambou pour les protéger du soleil. Les arbres étaient devenus rouge, orange et or, annonçant la mauvaise saison. Les bœufs puissants avaient labouré les champs d'orge et les grains avaient été semés. Un tapis de feuilles avait recouvert toute la route vers le nord, vers l'Himalaya.

Le prince du Kosala se trouvait à la lisière d'une forêt de pins. Devant lui, au milieu d'une vaste prairie, un bassin où un tapis de feuilles de nénuphars abritait des grenouilles qui bondissaient et coassaient tout leur saoul. Des paons orgueilleux se pavanaient alentour. Virudaka était heureux en regardant son faucon dessiner des cercles dans le ciel, à la recherche d'une proie. Cette illustration de la loi du plus fort fascinait le prince. Il voulait être libre, vaincre et dominer. Le faucon volait toujours, décrivant un large cercle, puis tout à coup il replia ses ailes et fondit à la verticale. Au dernier moment, il vira brutalement et vint se poser sur la main gantée de Virudaka. Le prince flatta la tête du rapace qui se rengorgeait de plaisir sous la caresse familière.

Virudaka traversa le vaste terrain aménagé avec raffinement et où avait été construit un pavillon de chasse pour le roi. Sous le dais de toile, il y avait un grand lit confortable. Une table basse était dressée devant, couverte de mets délicats, de plats rares et de fruits délicieusement mûrs, le tout présenté dans de grands bols de céramique.

Le corps obèse de Prajenadi occupait presque toute la couche ; son visage rond et moite habituellement blême avait pris des couleurs au contact de l'air frais. Il était entouré par trois jeunes femmes de son harem qui le dorlotaient, le nourrissaient ou plutôt lui donnaient la becquée, le massaient et lui susurraient à l'oreille mille calineries. Elles étaient vêtues de lin vert et avaient les cheveux couverts d'un fin voile bleu, leurs paupières étaient peintes avec de la poudre d'argent qui lançait des éclats chaque fois qu'elles battaient des cils. Leur dévouement envers leur seigneur devait se manifester ostensiblement si elles voulaient rester en faveur. Le chef des brahmanes était à quelques pas de son roi, tandis que l'envoyé du Magadha se tenait sur le côté, son visage prenant un air de dégoût sans que l'on puisse savoir s'il était provoqué par la chasse ou le spectacle du roi et de ses plaisirs vulgaires. Il portait un manteau vert émeraude flottant sur ses épaules, qui seyait parfaitement à sa peau foncée et à ses cheveux noirs de jais rejetés en arrière et collés avec des huiles odorantes. Il observait silencieusement ce qui se déroulait devant lui, et, visiblement, sa patience était éprouvée par les manifestations de la décadence du Kosala. Même Prajenadi sentait qu'il faudrait vite conclure avec cet homme et qu'il serait inutile d'attendre de l'avoir amadoué.

Prajenadi interpella son fils, réclamant son attention et

son intervention. « Siddharta refuse de se plier à nos règles, dit ce dernier, et c'est ce qui fait échouer toutes nos tentatives pour le soumettre lui et son misérable clan, bien que nous soyons très supérieurs militairement et par notre esprit. »

Avec un sourire timide, une des jeunes beautés tendait un bol de céramique bleu ciel au roi pour rincer ses mains dodues. Le roi choisit une grenade dans une corbeille et la dévora, le jus rouge sang giclant sur sa robe. Des quartiers furent offerts au brahmane et à l'homme du Magadha, qui tous deux refusèrent poliment. « Il est temps que vous réalisiez que Siddharta est une force dont nous devons venir à bout », dit le prince. Les yeux de Prajenadi fixaient son fils. « L'homme est sans aucun doute protégé par les dieux. » Après cette déclaration, Prajenadi essuya ses doigts posément sur une serviette obligeamment tendue par une des jeunes filles, mais à aucun moment son regard ne quitta son fils.

« Ridicule, mon père », dit Virudaka, levant les bras avec un nouvel aplomb et une étonnante autorité. D'un seul mouvement il fit repartir son faucon dans les airs où l'oiseau reprit sa chasse.

Précautionneusement, Virudaka retira son gant de cuir et regarda sa main handicapée.

« Il a gagné parce que nous avons eu la sottise de nous battre sur son terrain ». Les paroles du prince tombèrent, venimeuses. « Nous sommes un peuple de la rivière, nous ne sommes pas à égalité avec quelqu'un qui a pratiqué ces montagnes depuis l'enfance. La prochaine fois, nous l'attirerons dans la vallée où... »

L'arrogance de Virudaka déplaisait profondément à Prajenadi : après ses défaites successives, son fils ne respectait pas davantage son autorité et cherchait les raisons les plus ridicules pour expliquer son échec devant un étranger qui n'était nullement dupe. Finalement, le roi n'était pas si désolé de la tournure des événements. Un temps de paix ne fait pas de tort, et l'alliance avec la famille des Gautama pouvait se révéler plus profitable qu'une guerre coûteuse. À pérorer ainsi, Virudaka perdait la face, pensait le roi. Il souleva sa masse sur un coude et péremptoire interrompit son fils en prévision des contestation futures : « Trop c'est trop ! Il y a un moment pour la guerre et un moment pour la paix, après la bataille, surtout pour celui qui ne l'a pas gagnée. Le temps des effusions de sang et du gaspillage est bien fini ! Les yeux de Prajenadi jetaient des éclairs à son fils. Notre invité du Magadha doit repartir avant l'hiver. Aussi devons-nous conclure avec lui maintenant. J'ai pour projet de te faire rencontrer les Shakyas. Nous allons leur proposer une offre équitable.

– Équitable ! Virudaka était vraiment heurté par le mot. Qu'est-ce qui pourrait bien être équitable après tout cela ? » aboya le jeune homme qui avait perdu tout contrôle.

Le roi se réinstalla sur son lit et prit un air d'autorité, puis, satisfait, gardant la pose pour que chacun puisse apprécier, il s'adressa à son fils. « Un vrai chef doit savoir taire ses propres griefs pour le bien de son royaume. Plus vite tu l'apprendras, mon fils, mieux ce sera.

– Tu peux être assuré que tout cela ne restera pas impuni ! dit Virudaka, faisant appel à la fierté de la famille.

– Je te souhaite de pouvoir faire comme tu l'espères ! rétorqua Prajenadi offensé dans sa dignité. Mais tu ferais mieux de faire attention à ce que tu dis à Siddharta, jusqu'ici il t'a toujours dominé. »

Virudaka allait répondre, quand le brahmane intervint pour sauver la face de ses maîtres et les intérêts du royaume. Il reprit fermement le prince irascible. « Les Écritures nous disent que le pardon est une des vertus de l'homme sage...

– Tout comme l'absence de colère et la non-violence, brahmane, rétorqua Virudaka sans ironie. Mais je suis sûr que Brahma ne pensait pas aux kshatryas, sinon il ne nous aurait pas donné un nom qui vient de celui du glaive et n'aurait pas fait de nous une race de guerriers ! »

Le brahmane n'était pas décidé à abandonner. « Tu n'as pas à pardonner aux sens d'éprouver un sentiment effectif de contrition. Dans ses fins la moralité peut servir une intention pratique. Il faut seulement conserver des règles claires à l'esprit. Si tu veux, mettons de côté les faits.» Le brahmane marchait en rond, agitant les bras pour souligner l'effet de ses paroles. L'envoyé du Magadha le regardait avec respect : l'homme savait ce qu'il faisait. «Ton père négocie un traité avec l'Empire de Magadha. Si l'accord est conclu, cela confirmera la position centrale de notre royaume, relais indispensable pour le commerce dans tout le monde connu.»

Ce rappel eut l'effet désiré. Le père et le fils étaient sensibles à cette évocation de nouvelles opportunités de pouvoir et de richesse. Un sourire condescendant apparut sur le visage du brahmane, et il profita de son avantage pour venir à bout de l'obstination de Virudaka en lui faisant miroiter les avantages qui s'ensuivraient pour ses entrepôts. «Le gain d'influence qui en découlera pour votre famille sera énorme. Cela fera de ton père un des souverains les plus puissants et plus tard ce sera ton tour. Mais cet accord est encore retardé par ta répugnance à négocier avec Siddharta.»

Le mage du Magadha souriait en voyant comment l'orateur manipulait le roi et son fils. Heureusement ou malheureusement, la réserve diplomatique lui interdisait d'intervenir pour soutenir le brahmane dans son intervention.

Le cri enroué des paons rompit le silence qui suivit le discours du brahmane.

«Surmonte tes sentiments prince, reprit doucement le brahmane, ou tu pourrais perdre bien plus que l'usage de ta main.»

Dans l'intimité de ses appartements, la princesse Yasodhara songeait à son jeune époux, et s'efforçait de comprendre qui était Siddharta. Elle suivait le cours de ses pensées : «Nous sommes réunis, je l'aime tant que je ne pense plus à moi-même. Il se déplace comme un tigre, il est si fort, si beau. Et ce tigre superbe est tout à moi. Pourtant, plus je le connais, plus je me rapproche de lui, plus il paraît lointain. Ce n'est pas qu'il cherche à se cacher ou à m'exclure. Au contraire, il est aussi clair qu'un diamant. Mais il me semble que je ne pourrai jamais atteindre qu'une part de lui. J'ai confiance en son amour et il m'aime. Cependant, à côté de lui, les autres hommes semblent plus tangibles, ils ont un début et une fin, mais pas Siddharta.

« Son corps est à moi, la lumière de ses yeux m'est réservée et je me donne à lui inconditionnellement. Pourtant, je ne parviens pas à chasser une crainte : que se passerait-il si je le perdais ? Et cette crainte-là, je ne la chasserai jamais, je le sais.

« Et puis il y a le bonheur quotidien d'être avec lui dans ce palais. Tous est si différent de la cour de mon père, riche, compliquée, dangereuse avec tous ces gens qui se déchirent pour de petites faveurs et qui se livrent à tant d'intrigues.

« Ici, la vie est simple. Par ma fenêtre, je contemple le mont sacré, l'Himavat qui domine la plaine immense. Le dais au-dessus de mon lit me protège des insectes et du vent, comme je suis protégée du monde entier : il ne laisse passer que la chaleur du soleil et le chant des oiseaux. Pourquoi donc suis-je inquiète ?

« Pendant la journée Siddharta est pris par les affaires du royaume et moi, attendant le bonheur de le revoir, je m'efforce de lui plaire. Je danse pour lui et je le garde sous mon charme.

« Il m'a dit que les dieux mêmes ont besoin de savoir séduire. Ils doivent séduire les hommes pour obtenir leurs hommages. Je n'avais jamais pensé à cela. Au Kosala, mon brahmane m'a dit qu'il ne fallait pas se poser de questions à propos des dieux. Mais ici l'atmosphère est si différente. Et le roi Suddhodana lui-même est bien moins rigide que mon père. Il se considère comme le protecteur de son peuple et il écoute sa voix. Il m'a prise en affection et est heureux de l'amour que me porte Siddharta ; il fait tout pour le favoriser. Mais il semble tout aussi préoccupé que moi par cet élément de l'âme du prince qui nous échappe à

tous. Et tous ceux qui l'entourent et qui l'aiment ont toujours l'air de marcher sur la pointe des pieds, comme s'ils craignaient de déclencher une catastrophe. En même temps tout le monde semble attendre quelque chose.»
Pourtant la douceur de la vie au palais aurait dû dissiper les soucis de Yasodhara. D'une fontaine représentant trois divinités sylvestres jaillissait de l'eau qui rafraîchissait l'air les jours de canicule. Le puits d'où provenait cette eau amenait des nénuphars qui flottaient. La véranda ouverte était en marbre et la végétation s'enroulait autour de ses piliers, tandis que le soleil, filtrant à travers les feuilles légères, dessinait sur le sol une multitude de formes changeantes. Tout autour des pièces, des nattes et des tapis étaient recouverts de coussins brodés d'or.

Yasodhara appela sa servante qui se précipita. La princesse lui sourit : la petite était vive et pleine de bonne volonté, touchante avec ses grands yeux sombres.

Yasodhara s'agenouilla sur les coussins et se saisit de son miroir, satisfaite de l'image qu'il lui renvoyait. À la fin d'une longue journée, son esprit rêvassait. Sous ses longs sourcils, son regard glissa vers la servante qui se tenait peigne en main. Les bavardages du palais étaient la meilleure façon de se renseigner. Ce réseau discret ajoutait un élément humain à ce que l'on pouvait apprendre de manière officielle.

«Parle-moi, dis-m'en plus à son sujet.» Yasodhara avait l'intuition que la petite servante devait beaucoup penser à Siddharta comme la plupart des femmes du palais.

«Princesse, les couloirs du palais retentissent d'histoires qui le concernent, mais la plupart doivent être tenues secrètes. Je ne sais plus trop ce qui est vrai ou ce qui ne l'est pas, tant ces histoires sont devenues invérifiables avec le temps. J'aurais trop peur de vous égarer en répandant de folles rumeurs.»

Son sourire malicieux exprimait une hésitation feinte.

«Raconte-moi ton histoire préférée. Je suis sûre que tu

en connais des milliers », dit la princesse en lui rendant son sourire.

Le peigne s'arrêta à mi-course dans la chevelure tandis que la servante fermait les yeux, cherchant une histoire qu'elle n'ait pas racontée des dizaines de fois.

« Sa naissance, peut-être ? » s'écria-t-elle, ravie.

Yasodhara inclina la tête et attendit.

La servante s'arrêta une seconde, rassemblant ses esprits avant de commencer son récit sur le ton chantant qu'adoptaient les conteurs, mimant certaines parties.

« Un matin le cuisinier fut convoqué par le roi qui était dans un état d'agitation extrême. "De la nourriture, de la nourriture pour nous trois", hurlait le roi en riant de tout son cœur. Le cuisinier, dérouté car il n'y avait personne en dehors du roi et de la reine Maya, ne savait que dire. Après s'être amusé aux dépens du malheureux qui était totalement interloqué, Suddhodana reprit son calme et raconta au cuisinier (du moins c'est la version du cuisinier) que la reine avait fait un rêve important : pendant son sommeil, un éléphant blanc était apparu sur sa couche et Dame Maya aurait conçu un enfant. Un éléphant blanc, rien de moins, le symbole le plus éclatant d'un destin hors du commun. Un rêve exceptionnel. Princesse, vous connaissez l'histoire de Shiva et Kali ? Ils avaient un fils, Ganesh, qui perdit la tête par accident, et Shiva la remplaça promptement par celle d'un éléphant. Ganesh est devenu le dieu des Scribes, de la Ruse et de la Connaissance. Et ce n'était qu'une tête d'éléphant ordinaire ! De toute façon, l'histoire de l'éléphant blanc s'est répandue dans tout le palais à la vitesse de l'éclair.

« Bien entendu, il se pourrait que le roi ait raconté au cuisinier que ce n'était pas un éléphant mais une chèvre des montagnes. Mais un bon cuisinier doit avoir de l'imagination !

« D'autre part, il se pourrait bien que l'histoire soit vraie. Qu'en pensez vous, Madame ? » La servante regardait Yasodhara : si quelqu'un savait, ce devait être elle.

Perdue dans ses songes, la princesse s'aperçut que la servante avait pris un air interrogateur. Yasodhara laissa échapper un sourire mélancolique et lui ordonna de se retirer, car elle voulait être seule.

La princesse avait repris le cours de ses pensées. « Maintenant, c'était elle qui attendait un enfant. Suddhodana avait manifesté la joie la plus bruyante lorsqu'il l'avait appris. Il semblait soulagé de savoir que sa lignée était assurée et de constater chaque jour que Siddharta s'intéressait davantage aux affaires du royaume. Pourtant elle lui avait entendu dire qu'il ne pourrait pas oublier ses craintes. Que voulait donc dire le roi ? Était-ce parce que la naissance de cet enfant annonçait son propre déclin et signifiait qu'un nouveau cycle de la vie s'ouvrait dont il serait bientôt exclu ? Par ailleurs, Suddhodana semblait satisfait de voir les relations qui s'établissaient entre Siddharta et l'émissaire du Magadha, un mage et conseiller du roi Bimbisara. Il devait y avoir un lien entre tout cela, mais Yasodhara n'arrivait pas à voir lequel.

Au même moment, à l'autre bout du palais, assis sur son trône de pierre qui représentait un lion, trois marches au-dessus de l'estrade surplombant le grand hall, le roi Suddhodana dominait l'assemblée. Les Shakyas portaient déjà des fourrures de léopard et de peaux de chèvre. Un vent aigre venait de se lever et soufflait à travers les fenêtres ouvertes. Ce serait bientôt l'hiver et des feux brûlaient dans les braseros à chaque extrémité de la salle. Les rusés émissaires du Kosala étaient arrivés conduits par Virudaka, et se déplaçaient effrontément en présence du roi dont le visage exprimait le mécontentement.

Siddharta, assis une marche en dessous de son père, observait le déroulement des événements avec sa distance habituelle. Dans tout le royaume on connaissait sa répugnance à porter des fourrures, et il était toujours vêtu de lin rouge, la couleur des Gautama, ce qui le distinguait dans l'assemblée. La discussion entre les deux parties avait duré tout le jour, s'enlisant souvent dans des formules de politesse inutiles qui masquaient l'hostilité latente des deux

117

parties. C'était à Virudaka de prendre la parole. Les yeux noirs et perçants du prince et son expression menaçante ressortaient sous la tête de léopard qui couvrait sa chevelure, tandis que le reste de la peau lui protégeait les épaules et le dos. « J'espère que vous oublierez mon comportement indélicat au moment du mariage. Les événements des mois précédents avaient exaspéré les rivalités entre nos familles et j'ai commis l'erreur de... laisser le ressentiment troubler mon sens de l'équité. »

Siddharta faisait à peine attention à Virudaka. L'homme qu'il observait fasciné était l'envoyé du Magadha qui se tenait droit comme un arbre, un manteau de lynx jeté sur ses épaules. Par-dessous, il portait une robe couleur d'or. Ses bras étaient croisés et ses yeux semblaient absents. Virudaka marchait en cercle et se considérait comme le centre de l'assemblée. « Je suppose que je ne dois pas te garder rancœur pour ce qui s'est produit au pont, continua le prince d'un air magnanime mais avec une lueur dans les yeux. Nous avons combattu tous les deux avec bravoure et honneur. »

Le roi Suddhodana tenta vainement d'étouffer un bâillement profond. Le bruit en résonna à travers la salle, et tout le monde fit comme s'il ne s'en était pas rendu compte.

« Le destin a voulu que tu l'emportes, reprit le prince du Kosala. Je dois l'accepter. Au moment du mariage, tu as affirmé que nous étions maintenant... frères. Pour le moins, Virudaka accrochait sur le mot. Pour l'amour de Yasodhara et par désir sincère de paix, j'ai résolu de te demander ton alliance et de t'offrir ce présent en signe de cette nouvelle et durable amitié. »

Le roi Suddhodana nota que le brahmane du Kosala et l'envoyé du Magadha semblaient s'entendre remarquablement, tout en restant étrangers au reste du groupe. Suddhodana changea de position pour appuyer sa tête sur son autre main. Finalement, renonçant à ses vains efforts pour se concentrer, il croisa les jambes, tandis que Virudaka s'approchait fièrement de Siddharta et lui tendait un fin rouleau. Siddharta regarda la main tendue de Virudaka ornée de trois anneaux à chaque doigt, un étalage d'émeraudes, de rubis, de diamants et d'or dont la quantité faisait oublier la qualité. La tension monta lorsque Siddharta regarda un peu trop ces mains, négligeant de prendre le rouleau. Impatient, Suddhodana toussa pour mettre fin à la rêverie de son fils. Celui-ci sursauta, prit le rouleau et lut silencieusement le document, ce qui amena un sourire sur ses lèvres. « Un accord de commerce ? dit le prince des Shakyas, un sourcil relevé, énonçant un constat plus qu'une question. Maintenant que nos sangs se sont mêlés – Virudaka glissait péniblement un ton de politesse dans ses propos –, j'ai pensé qu'il était simplement juste de te faire prendre part directement au profit. » À en juger par l'expression glaciale de Siddharta, les mots qui venaient d'être prononcés n'annonçaient rien de bon.

Pour vérifier si le texte contenait les insultes auxquelles il s'attendait, le roi Suddhodana le prit des mains de son fils et l'examina, se jurant une fois de plus de conserver son calme. « Cinq pour cent du prix d'achat ? Payé en or. La voix du roi ne contenait qu'une trace discrète de sarcasme. Voilà qui est généreux.

– Oui. Vous n'ignorez pas que le tarif usuel est de quatre pour cent », répondit Virudaka.

Incapable de se maîtriser plus longtemps, le roi Suddhodana fronça les sourcils, signe certain de mauvais augure pour qui connaissait ses expressions.

Mais Virudaka triomphant trop tôt poursuivit sans se laisser troubler : « Généralement plus près de trois. Tout ce que vous avez à faire est de nous permettre de traverser votre pays comme un... un couloir pour nos caravanes. » Virudaka finit sa phrase avec un grand geste.

« Un couloir ! » La moue de Suddhodana devenait de plus en plus ostensible. Mais Virudaka interpréta mal ce commentaire sarcastique. Il ajouta avec obséquiosité : « Au meilleur sens du terme, Votre Majesté.

– Bien sûr ! » grommela le roi entre ses dents.

L'envoyé du Magadha, qui avait observé cet échange avec beaucoup d'attention, sourit laconiquement tandis que Siddharta et son père fixaient le prince du Kosala. Le roi lui rendit le rouleau.

Il reprit le traité, incrédule : «Je ne comprends pas...

– En vérité ? Mais c'est très clair, prince, la réponse est non.» La voix posée de Siddharta résonna à travers la salle.

«Non ?» Virudaka faisait presque pitié alors qu'il se tenait pétrifié devant l'assemblée. Se levant, Siddharta marcha vers lui puis fit des allers et retours du trône à leur hôte. «Si tu nous offres cinq, tu peux aller jusqu'à dix, ce qui signifie que cela vaut vingt, dit-il pour que tout le monde l'entende.

– C'est une insulte ! réussit à répondre Virudaka indigné.

Siddharta se tourna vers lui et, à la surprise générale, sourit doucereusement. «Je suis d'accord. Nous serions fous d'accepter moins d'un tiers !»

Incapable de garder sa contenance plus longtemps, l'homme du Magadha éclata d'un rire contagieux qui gagna tous les Shakyas.

Calmement, Siddharta retourna vers son siège et poursuivit : «Ce n'est pas que je m'imagine un instant que tu tiendrais parole, quel que soit notre accord. Non, tôt ou tard la tentation de ne pas payer deviendrait trop forte et nos conflits reprendraient.»

Se tournant vers le Magadhien, le prince poursuivit : «C'est pour cette raison que je me rendrai au Magadha : pour trouver une solution qui nous assure une paix durable. Peux-tu organiser une audience avec le grand roi du Magadha ?» Le mage hocha la tête en signe d'assentiment. Une alliance se dessinait.

Frustré, Virudaka les regarda tous les deux et constata qu'il était exclu : une fois encore, Siddharta allait l'humilier publiquement. Furieux, il se rengorgea face au Magadhien.

«Attends un instant. C'est notre affaire. Nous avons

investi du temps et de l'argent dans cette transaction. Vous ne pouvez pas...»

Sans faire attention aux mauvaises manières du Kosala, et passablement vexé de s'entendre dire ce qu'il devait faire, le Magadhien rompit là. «Je ne peux pas ? Qu'est-ce que je ne peux pas faire, prince ?» Le mage était terriblement sérieux. Pour la première fois, Virudaka resta muet. C'était une conspiration. Il fixa son interlocuteur, incapable de comprendre. Voyant que la situation allait devenir très dangereuse, le brahmane du Kosala décida d'intervenir. «Je crois que le prince suggère simplement qu'au cours de nos conversations antérieures certains points avaient été établis et qu'il les considérait comme acquis.»

Se redressant de toute sa taille, l'émissaire du Magadha répondit sans équivoque possible. «La seule intention clairement établie est la volonté de mon souverain d'ouvrir une voie commerciale. Votre royaume jouera très certainement un rôle majeur dans ce plan, mais d'une manière qui reste entièrement à déterminer. (Se tournant vers Siddharta, il ajouta :) Prince, je serai heureux de t'accompagner ; mais nous devons faire vite, car l'hiver est proche.» Virudaka se tenait au milieu de la salle, écumant de rage. Comment Siddharta était-il rentré en contact avec le Magadhien ? Il l'avait surveillé sans cesse et, autant qu'il le sache, au Kosala, il n'avait pas quitté le palais.

«C'est de la démence, grinça Virudaka oubliant toute retenue. Vous êtes des producteurs de riz. Qu'est-ce qui pourrait pousser le puissant roi de Magadha à s'intéresser à votre alliance ?»

Asvapati, nerveux et tremblant, et qui avait gardé le silence jusque-là, regarda le brahmane du Kosala avec embarras et celui-ci, à son tour, jeta un regard à Suddhodana.

Sans se laisser troubler, il répondit à Virudaka : «Toi !»

Et, pendant que Virudaka, comme fou, cherchait les mots qui se bousculaient dans sa bouche, le roi se redressa et quitta la pièce.

L'audience était levée.

Les Kosalas furieux partirent le jour suivant.

Chevauchant aux côtés de Virudaka, le brahmane du Kosala notait des changements dans le caractère du prince. Il semblait partagé en deux : d'un côté, les échecs l'avaient fait se retirer en lui-même et en avaient fait un personnage silencieux et amer ; de l'autre, une nouvelle volonté de puissance semblait l'animer. Les pensées du brahmane étaient sombres, et il était inquiet à juste titre pour l'avenir du royaume.

De retour à Sravasti, chacun reprit ses occupations, mais les émissaires durent affronter le mécontentement du roi face à l'échec des négociations, et il appela ceux qu'il considérait comme responsables.

Descendant lourdement les couloirs, le grand chambellan convoqua le général de l'armée, le brahmane et Virudaka pour une audience dans les appartements privés. Ils suivirent l'homme qui, délibérément, les conduisit aussi lentement et pompeusement que possible à travers les multiples corridors où brillaient à la lumière des chandelles de petites pierres luisantes. Enfin, ils atteignirent le quartier du roi où ils pénétrèrent conformément à l'étiquette : le brahmane le premier – puisque la préséance des religieux était pleinement reconnue au Kosala –, le prince et enfin le général.

Leur arrivée fut annoncée par le son des cymbales qu'actionnaient les serviteurs préposés aux portes. Au fur et à mesure qu'ils entraient dans la pièce, des servantes saluaient les arrivants, paumes jointes sur le front.

Ils s'arrêtèrent net devant la scène qui s'offrait à eux : en plein milieu de la chambre royale ornée de tapis pourpres disposés en ordre géométrique, dans un bassin de marbre rond, était plongé Prajenadi, épanoui, en compagnie d'une pulpeuse jeune femme du harem, tout embarrassée des voiles roses qui collaient à son corps humide. Les fenêtres donnaient sur les plaines entourant Kosala et permettaient d'entendre les bruits de la ville, parfois troublés par les cris des paons du parc royal. D'un côté de la pièce se dressait une estrade basse, couverte d'une invraisemblable quantité de coussins, destinés au roi et à ses invités, tandis que sur le mur opposé était peinte une carte de la région et du monde connu, destinée à illustrer les projets d'expansion. Cette pièce jouxtait la chambre royale et permettait d'apercevoir la couche du souverain protégée des moustiques par un tissu transparent.

Prajenadi paraissait enchanté, barbotant et agaçant la fille de ses remarques et de ses regards grivois. Poursuivant ce jeu grotesque, elle lui versa de l'eau sur la tête, rinçant la mousse et les huiles odorantes répandues sur ses longs cheveux. Prajenadi renvoya la fille et rejeta sa chevelure mouillée en arrière, aspergeant la pièce. Ses yeux étaient rougis et son visage se plissait tandis qu'il s'essuyait les yeux. Faisant comme s'il prenait conscience de la présence de ses visiteurs, le roi fronça les sourcils lorsqu'il vit son fils enrageant entre les deux autres membres du conseil.

« Ce qui m'a été rapporté est-il vrai ? Siddharta accompagnerait le prêtre au Magadha ? » lâcha le roi. Virudaka jeta un bref regard au général, en quête d'approbation. « Oui, père », répondit-il avec assurance, conforté par le soutien tacite qu'il croyait avoir reçu.

Laborieusement, Prajenadi finit par s'extraire du bassin, laissant voir sa peau qui pendait de ses épaules et sur son ventre.

« Et comment avons-nous abouti à ce chef-d'œuvre de diplomatie ? » demanda-t-il, observant son fils avec acuité, tandis que la jeune femme du harem lui enveloppait la poitrine dans un grand linge et lui frottait le dos énergiquement. Virudaka expliqua : « Siddharta a estimé notre offre trop basse ; alors que nous lui offrions cinq pour cent, il a réclamé un tiers et il a rompu la négociation avant que j'aie eu le temps de lui répondre. Il tente de nous impressionner ; de cela je suis certain.

– Regarde ta main – la fermeté de la voix de Prajenadi finit par frapper Virudaka qui obéit avec raideur –, et après cela ose répéter : Siddharta veut m'impressionner. Siddharta veut m'impressionner.»

Le roi se retourna et jeta sur ses épaules un drap de coton blanc. Le général et le brahmane avaient presque honte d'être témoins de la façon dont il manifestait son mépris envers son fils.

«Juste à titre d'information, que penses-tu que nous devions faire?» s'enquit Prajenadi d'une voix sèche en se tournant vers son fils. Un changement subtil se manifesta dans l'attitude de Virudaka. «J'ai parlé à nos voisins, les Vrijins et Mallanes. Moyennant argent, ils combattront pour nous et ce méchant problème peut être résolu en un jour, annonça-t-il avec fougue.

– Et comment crois-tu que réagiront les gens du Magadha si nous envahissons le pays shakya parce que nous sommes incapables de leur faire une offre qu'ils puissent accepter?» accusa le roi sur le même ton.

Le brahmane et le général gardaient le silence.

Prajenadi fit signe à la jeune femme et lui tendit ses mains potelées pour terminer sa toilette. Il n'avait pas remarqué les rapports de connivence qui s'étaient établis entre son fils et le général, ni les lourds regards qu'ils échangeaient. Quant au brahmane, tout en étant conscient de cette complicité, il préférait se taire et attendre.

«Si nous voulons être appréciés, il nous faut nous montrer fiables ; laisse partir Siddharta, ordonna le roi. Quelle que soit son astuce, il ne peut aller loin sans nous, et le temps viendra bientôt où nous pourrons négocier avec lui conformément à nos propres exigences.»

Le cœur de Virudaka battit plus fort lorsqu'il répondit : «Oui, père. Il en sera ainsi.» Mais ses mots sonnaient creux.

La question étant close, Prajenadi se dirigea vers sa chambre pour rêver à la façon de jouir de sa fortune présente et future. Son imagination l'emportait encore : il négociait puis rediscutait avec le meilleur des interlocuteurs, lui-même, et, tout entier à ses songeries, n'avait rien noté du changement dans le comportement de son fils.

Mission au Magadha

Le roi Suddhodana en grand apparat et toute sa cour s'étaient rendus aux portes de la ville qui étaient grandes ouvertes. Le soleil du matin était pâle et la lumière adoucie par une brume légère. Les sabots des chevaux impatients soulevaient des nuages de poussière. Ananda et Siddharta étaient les seuls Shakyas à participer au voyage. D'un même mouvement, ils s'inclinèrent paumes jointes sur le front, d'abord devant Suddhodana, puis devant Yasodhara qui se tenait effacée à ses côtés. Les jeunes gens saluèrent leurs compagnons qui répondirent par des vivats. Une seule femme prendrait part à ce voyage : Lotus, la mère de Chandaka. Son visage resplendissait et son cœur battait la chamade d'excitation. La force qui ne s'était pas manifestée depuis vingt ans, la force qui l'avait conduite au royaume des Shakyas, il lui semblait l'avoir de nouveau ressentie au moment où était arrivé l'émissaire du Magadha. Une nouvelle certitude l'habitait : elle devait aller là-bas, et cette fois pour accomplir son propre destin. Le roi avait longtemps hésité avant de l'autoriser à accompagner son fils et lui avait objecté toutes sortes d'arguments sur les fatigues et dangers du voyage avant de céder. Les gens du Magadha, leur suite et leurs bagages formaient un long convoi. Une demi-douzaine de chars et voitures bien remplis s'ajoutaient au groupe de cavaliers qui avaient escorté l'émissaire sur le chemin aller.

Siddharta se tourna vers son épouse et saisit sa main en un geste de tendresse auquel elle répondit par un regard d'adoration. Il semblait que leur amour croissait chaque jour depuis leur mariage. Il jeta un regard attendri sur le ventre de la princesse qui ne tarderait pas à s'arrondir et promit : « Je serai de retour avant qu'il sèche ses premières larmes. » Il s'éloigna doucement et enfourcha son cheval que les serviteurs avaient pansé et toiletté avec le plus grand soin. Kantaka piaffait d'impatience.

Saluant de la main son père et Asvapati, Siddharta prit le

petit galop pour franchir les portes en direction des plaines du Sud-Est. Ananda chevauchait à ses flancs comme d'habitude. En bon ordre, la cavalerie du Magadha trottinait tranquillement, suivie plus lentement par la caravane qui se fermait sur les chariots tirés par des bœufs et les voitures fermées.

Comme un long serpent, le convoi traversait de riches terres où les fermes étaient dispersées de loin en loin. Après plusieurs jours, sur un ordre de Siddharta, le convoi obliqua vers le nord, pour pénétrer dans l'Himalaya, laissant la calme plaine du Gange pour atteindre une zone difficile et pleine de dangers. Ils avançaient doucement, suivant des pistes presque invisibles, montant des pentes dangereusement glissantes, traversant une végétation dense. Banians et acacias familiers disparaissaient, remplacés par des espèces des régions plus froides, aunes et sapins. Les grands arbres étendaient leurs branches à l'ombre desquelles poussaient des arbustes odorants et sombres. L'air changeait et la mousse abondait.

Siddharta se tourna pour jeter un dernier regard au Gange qui coulait dans sa vallée, nourrissant les populations de ses villes. Devant eux grondait un torrent qui dévalait dans leur direction, descendant des plus hauts sommets de l'Himalaya jusque dans la vallée. Le passage bruyant de la caravane résonnant sur les galets et les rochers dérangeait parfois des troupeaux de chèvres de montagne qui bondissaient de rocher en rocher. La brume du soir atténuait la lumière dense des montagnes lorsqu'éclatèrent des pluies soudaines qui retardèrent la montée de la caravane vers une passe.

Finalement, la caravane parvint à un vaste plateau au pied des sommets de l'Himalaya. Fatigués et pressés de dormir, les hommes se hâtèrent de dresser le camp pour la nuit ; les tentes furent dépliées et les montures attachées à une saillie rocheuse. Les voyageurs s'assirent en cercle autour du feu après s'être brièvement alimentés de fruits secs et autres provisions de voyage. Siddharta se retira et grimpa jusqu'à un rocher en surplomb. Il s'installa, méditant, le dos à la montagne, absorbé dans le silence et les espaces infinis qui s'ouvraient devant lui. D'en bas, Ananda regardait admirativement son ami, tandis qu'un par un les hommes se retiraient sous leurs tentes et s'y effondraient de sommeil. Bientôt il n'y eut plus un bruit dans le camp. Ananda et l'homme du Magadha, couverts d'épaisses fourrures pour affronter le froid de la nuit, s'assirent jambes croisées et se serrèrent autour du feu toujours vif. Eux aussi regardaient le ciel en silence quand, jaillissant de l'ombre, Siddharta se matérialisa silencieusement comme un félin qui surprend sa proie. Ananda et le mage sursautèrent puis sourirent de leur fébrilité.

« Désolé, mes amis », s'excusa Siddharta en s'asseyant auprès d'eux. Faisant comme si son cousin n'était pas là, Ananda confia au Magadhien : « Voilà l'homme aux pieds les plus légers que j'aie rencontré et il voit également dans le noir comme un chat.

– Comment cela se peut-il ? lui répondit-il avec une incrédulité ironique.

– Tout ce qui est étrange n'est il pas de votre domaine ? N'êtes-vous pas un mage ? » railla Siddharta.

En dépit de sa fatigue, et soupçonnant que Siddharta n'avait nulle envie de dormir, le Magadhien ne put résister à la tentation de provoquer une de ces longues conversations qu'ils multipliaient depuis qu'ils s'étaient rencontrés. Déjà au Kosala ou chez les Shakyas, il avait pu apprécier les qualités du jeune homme comme l'acuité de son esprit. Désormais ils se considéraient comme amis et adoraient discuter. « Spéculation, question, pontifia le mage en prenant une attitude théâtrale. Où, comment, quand, pourquoi, la vie, la mort... Nous avons toujours besoin de réponses. Pourquoi perdre du temps en spéculations ? » Siddharta tisonna le feu avec son épée et, au grand plaisir du Magadhien, réagit à cette invite à une joute intellectuelle : « Garde les yeux au sol si tu veux voir où tu marches !

– Que veux-tu dire ? demanda le Magadhien intrigué.

– Supposons que tu sois un guerrier comme Ananda ou moi-même et que dans une bataille tu sois blessé par une flèche empoisonnée. Quand le chirurgien arrivera, que lui demanderas-tu de faire ?

– D'enlever la flèche, bien sûr, rétorqua l'homme.

– En es-tu certain ?

– Certain !

– Ne voudrais-tu pas savoir d'abord qui a tiré la flèche, insista Siddharta, et pourquoi il l'a tirée, quels sont son nom et sa famille, s'il est petit ou grand, s'il a la peau claire ou foncée, s'il vit dans un village ou une ville ?

– Je dirais que tout cela n'a guère d'importance si je suis sur le point de mourir. Je serais bien plus anxieux que le chirurgien m'enlève la flèche avant que je ne perde la vie !» dit son interlocuteur en riant.

Ananda souriait dans son for intérieur. Siddharta le regardait, attendant que leur gaieté s'apaise avant de se tourner vers le prêtre et de poursuivre sur le même ton : «C'est ce dont ont besoin tous les hommes qui souffrent. Non de réponses futiles à des questions impossibles, mais de quelque chose qui apaise leur douleur !

– Mais s'il existait un tel chirurgien, il nous rendrait inutiles, nous les prêtres», avança le Magadhien après une longue réflexion.

Perdu dans ses pensées, Siddharta continua : «Non, pas tous les prêtres, seulement ceux qui ne se préoccupent pas réellement des besoins de l'homme. Siddharta réalisa que le prêtre le regardait de façon étrange. N'y vois rien de personnel.»

Ils rirent tous trois un peu gênés, mais le mage insista : «Il est difficile de comprendre autrement tes paroles.»

Le feu mourait et, comme les premières lueurs de l'aube pointaient, Ananda réveilla les hommes. Le temps de replier les tentes et de tout remballer, et la caravane reprit son chemin.

Un peu plus tard, alors qu'ils chevauchaient en suivant

la route du nord-est au pied de la chaîne de montagnes, Siddharta répéta à Ananda, comme il le faisait à peu près trois fois par jour : «Je suis si impatient d'arriver au Magadha !»

Après des jours de marche, lorsqu'ils reprirent vers le sud à travers les plaines où le chemin était meilleur, ils parvinrent au carrefour des routes menant au Magadha. Fatigués mais impatients, ils se promettaient de découvrir le pays. Ils avançaient maintenant sans difficultés majeures, bien qu'ils aient perdu une mule dans un ravin au cours de la descente vers la plaine. Un étrange tigre des montagnes les avait escortés une partie du chemin, et ils avaient souvent vu briller ses yeux la nuit pendant qu'il les observait. Le jour il suivait le convoi à la trace, se glissant à travers les herbes hautes et entre les arbres, le ventre traînant à terre. Mais maintenant l'animal les avait abandonnés.

Puis ils pénétrèrent dans la jungle épaisse qui entourait le Magadha et où les arbres poussaient si dru que le soleil n'y pénétrait guère. Ils entendaient le cri des perroquets et le babillage des singes, et, plus exceptionnellement, le rugissement d'un lion. Ils avançaient très lentement, attentifs aux serpents qui auraient pu tomber des branches et à toutes sortes de bêtes venimeuses.

Alors qu'ils se frayaient un passage à travers la végétation, coupant parfois les lianes qui freinaient leur progression, ils parvinrent à une clairière où cinq yogis s'étaient retirés pour pratiquer la méditation. Ils ne portaient qu'un linge autour des reins. Leurs barbes et cheveux étaient très longs, attachés autour de leurs têtes. Chacun avait adopté une position différente. L'apparition de la caravane sembla atteindre la première couche de leur conscience sans troubler le moins du monde leur pratique yogique.

Tout au contraire, les cinq ascètes réunissant leur énergie firent résonner profondément, de leurs forces combinées, le mot universel : OMMMM.

Le son roulait sur la terre, dans l'air et pénétrait les Shakyas au plus profond d'eux-mêmes. Mais l'explosion de cette puissance libérée dans l'air effrayait Kantaka. Le cheval de Siddharta était resté nerveux depuis l'épisode des serpents. Pris de panique, il rua si brusquement qu'il désarçonna son maître qui tomba aux pieds du yogi qui avait adopté la position du lotus, les jambes croisées sous lui.

Comme Siddharta se remettait sur ses genoux, ses yeux rencontrèrent les eaux du yogi qui lui insufflèrent un sentiment étrange. Le Magadhien et les autres compagnons étaient juste derrière Ananda qui suivait son ami, et lui seul saisit cet échange de regards. C'était comme si l'ermite avait reconnu en Siddharta un être proche mais cependant supérieur. Il n'était pas question d'engager la conversation avec les ascètes qui se refuseraient à tout contact, aussi la caravane contourna-t-elle les cinq hommes, chacun affectant de ne pas plus les remarquer que s'ils avaient été des arbres ou des rochers. Toute l'affaire avait duré quelques brefs instants.

Cette étrange rencontre ne fut jamais mentionnée dans les conversations, et Siddharta ne s'enquit jamais de qui étaient ces hommes ni de ce qu'ils faisaient, mais Ananda savait que son ami d'enfance en avait été profondément affecté. Il passa les jours suivants replié en lui-même et dans un profond silence.

Peu après, ils rencontrèrent de nouveaux compagnons de voyage, une impressionnante caravane venue de l'Est lointain et qui charriait dans ses ballots des poteries, de la soie, de l'encens et des épices. Elle avançait au rythme lent des chameaux. Des cavaliers allaient et venaient tout au long du convoi. Les hommes, femmes et enfants qui le formaient venaient tous de l'Orient et avaient les yeux fendus comme ceux de Lotus qui les regardait intensément. Ils portaient de larges vêtements exotiques et colorés.

Un peu plus loin, ils croisèrent une autre caravane venue de l'Ouest et qui transportait ses marchandises sur de vieux chariots tirés par des bœufs. Les marchands avaient des yeux noirs et un teint très sombre qui ressortaient de la surabondance de tissus bleus dont ils se couvraient pour se protéger du soleil. Siddharta et Ananda étaient émerveillés de la diversité des types humains et des coutumes qu'ils rencontraient.

La jungle ouvrait sur une région de hautes collines : les manguiers abondaient, tandis que vers le sud des cocotiers s'élevaient au-dessus de l'horizon. Enfin, leur guide magadhien s'arrêta aux bords d'un haut plateau et leur fit admirer la vue de la capitale Rajagriha qui s'étendait dans la plaine en dessous. On en distinguait les reflets des principaux monuments brillant de marbre rose et blanc. Tout autour, aussi loin que portaient les yeux, s'étendait l'immense plaine du Gange striée par une multitude de rivières. Le fleuve principal coulait avec une majestueuse puissance. Le prêtre magadhien leur confirma que son pays avait un climat similaire à celui des Shakyas : quand les pluies de mousson étaient trop abondantes et faisaient déborder les rivières, il s'ensuivait de terribles inondations qui ruinaient champs et villages, noyaient hommes et animaux et apportaient famine et désastre. Selon la loi de leur karma, ils devaient vivre dans la crainte du prochain cataclysme, mais, comme les Shakyas, ils savaient que leur subsistance dépendait aussi de cette eau qui irriguait tout le delta et fertilisait le sol.

Au nord de Rajagriha, on cultivait de vastes plantations de canne à sucre dont la fermentation produisait une boisson fort prisée des Magadhiens.

Au sud des champs de céréales, à l'est et à l'ouest des grasses prairies qui poussaient sur les terres noires et nourrissaient les troupeaux de bovins et de chevaux. En regardant vers l'ouest, on était également frappé par une épaisse forêt de bambous.

« La région que vous admirez appartient à notre roi qui l'appelle son Parc de bambou, dit le mage. Nous avons la chance que notre climat soit si doux que nous pouvons dormir à la belle étoile toute l'année, excepté à la saison des pluies. »

Ananda approuva de la tête. En voyant tout ce qui s'étendait autour d'eux, les Shakyas pouvaient imaginer la richesse de l'empire du Magadha. Les immenses terrasses recouvertes de feuilles de vigne et de fleurs, ses temples ornés de fontaines, de jardins et de bosquets, ses bassins de lotus au centre des cours, tout cela faisait ressembler la cité à un paradis terrestre. Un énorme mur de pierres blanches entourait la ville.

Ils passèrent les portes de Rajagriha : les lourds battants de bois étaient protégés de chaque côté par des animaux ailés, de majestueuses sculptures destinées à avertir quiconque aurait voulu attaquer le puissant royaume de Magadha de la vanité d'un tel projet. Le convoi avança à travers les rues encombrées mais propres. Un réseau de routes étroites ouvrait sur des rues perpendiculaires qui se divisaient elles-mêmes en un labyrinthe d'allées toutes balayées et entretenues. Des rangées et des rangées de maisons à deux étages, toutes en briques blanches, résonnaient des bruits de la vie quotidienne. Les habitants avaient la peau plus sombre que les Shakyas, et la plupart étaient vêtus de blanc et semblaient bien nourris. Des bouffées d'odeurs épicées arrivaient aux narines. Tout cela respirait la prospérité et la sécurité, si l'on en jugeait par les patrouilles de soldats que l'on voyait circuler débonnairement un peu partout.

Le convoi traversa un marché à ciel ouvert plus vaste encore que celui du Kosala et mieux organisé. On y vendait fruits, légumes et grains en vrac d'un côté, des métaux, de l'argent, des pierres et d'autres marchandises de l'autre.

Un imposant bâtiment de briques surmonté de multiples tourelles aux toits pointus se dressait au centre de la ville. C'était le palais royal. L'entrée principale se faisait par une arcade gardée de chaque côté par des soldats et qui ouvrait sur une cour aux colonnes de marbre. Au centre un bassin où flottaient des nénuphars. Des groupes de Magadhiens, nobles et courtisans, marchaient en rond, tandis que d'autres s'asseyaient autour du bassin sur des blocs de marbre installés là pour qui voulait profiter de la douceur du spectacle. Les Shakyas notèrent avec quelle franche amitié et quel respect les gens du pays accueillaient leur prêtre, manifestant leur joie de son retour. Avec les étrangers, ils n'étaient pas moins chaleureux, lançant des pétales de fleurs sous leurs pas, et leur offrant du sucre de canne et du pain.

Siddharta avait été confortablement installé dans une suite luxueuse tout spécialement aménagée pour lui et décorée de mosaïques colorées dont teintes et formes suggéraient des influences exotiques. Comme dans son pays natal, les sols étaient recouverts de couches de tapis embaumées par l'encens brûlant en permanence. Des esclaves aux poitrines rebondies étaient à son service, avec visiblement pour instructions de le satisfaire de toutes les manières. Leur inlassable attention au moindre de ses désirs, leur connaissance de jeux nouveaux et exotiques, leurs doux yeux, plus sombres que ceux des femmes de son pays, annonçaient bien des façons agréables de passer le temps.

Sortant de son bain, Siddharta prit son dhoti rouge des mains d'une des servantes. Une fois habillé, il se prépara pour ses ablutions quotidiennes et s'assit en tailleur sur des coussins fermes tandis que deux des servantes peignaient ses longs cheveux pour les réunir en un impeccable chignon. La plus jeune, particulièrement piquante dans ses voiles turquoise retenus par une ceinture d'argent, rougit et fit à ses compagnes une remarque sur l'apparence du prince qui les fit toutes glousser.

Le prêtre magadhien entra sans se faire annoncer, les relations amicales qu'il avait nouées avec Siddharta le dispensant de toute formalité. Lui aussi s'était rafraîchi après leur long voyage, bien plus long que d'habitude, puisque Siddharta avait délibérément choisi un itinéraire détourné par le Nord, à travers les montagnes auxquelles il semblait marquer une grande prédilection. S'appuyant sur le mur, le prêtre regarda avec amusement le prince entouré par les servantes. Il était visiblement gêné par leur babil et embarrassé de ne pas parler leur langue, d'autant que sa fierté ne lui permettait pas de demander une traduction.

« Elles chuchotent à propos de la légende », dit spontanément le prêtre.

Siddharta ne savait pas vraiment de quoi il s'agissait, bien qu'il y ait longtemps qu'il soupçonnât qu'il courait toutes sortes de bruits à son sujet. Le Magadhien secoua les épaules comme pour abandonner cette conversation.

« Es-tu ambitieux ? Veux-tu vraiment devenir le monarque universel ? » questionna-t-il sans manières.

Guère dupe de l'attitude du mage, Siddharta sourit, mais la gravité de la question et de ses implications ne lui échappait pas.

« Et rentrer en compétition avec le très puissant roi Bimbisara du Magadha ?

– Cela se pourrait, répondit le prêtre, prudent. Le monde est bien plus vaste que nous ne pouvons l'imaginer, et des voyageurs m'ont dit qu'il existait même un autre océan à l'autre extrémité du pays habité par les hommes jaunes.

– Voudrais-tu que je gouverne l'autre partie de l'Univers ? » sourit Siddharta.

Les deux hommes redevinrent sérieux et prirent leur temps pour réfléchir.

« Non. De fait, je préférerais un endroit plus proche », répondit finalement le prêtre. Il se prépara à repartir. Après sa longue absence, il avait fort à faire pour mettre à jour les affaires de sa charge. Par chance, le commerce entre le Magadha et l'Empire de Pasagarde qui faisait partie de ses responsabilités se développait de lui-même et n'exigeait pas sa présence.

Il s'arrêta à la porte ; il venait de se souvenir du véritable objet de sa visite.

« Le roi doit revenir dans deux mois. Pendant ce temps je veillerai à ce que tu reçoives toutes les attentions nécessaires.

– Reste avec moi et parlons », s'écria Siddharta spontanément. Il se sentait un peu seul et désirait la compagnie de son nouvel ami.

Se tournant vers les servantes, Siddharta demanda que l'on apporte des fruits et des boissons pour son hôte réticent. Impérieusement, il montra un des sièges et fit signe aux jeunes femmes d'y installer son visiteur, ce qui fut fait en un instant.

« Maintenant, dit Siddharta, parle-moi de ta jeunesse. Où as-tu étudié, où es-tu allé, qu'as-tu fait ? Raconte-moi cela et n'oublie pas les meilleurs moments. » Cela faisait longtemps que Siddharta voulait savoir en quelles circonstances son ami avait abandonné les croyances védiques pour adopter le culte des Perses.

Regardant au plafond pour trouver patience et inspiration, le mage se risqua pensivement. « Voyons... Avant d'occuper cette charge, j'ai voyagé et étudié à l'Ouest. Mon roi, Bimbisara, voulait que certains d'entre nous aient une véritable connaissance de nos voisins et de leurs manières et de tout ce qui, dans les coutumes et les savoirs des différents peuples, pourrait nous influencer, nous aider ou nous apprendre. La cité où j'ai longtemps séjourné était Pasagarde. Quelle ville ! Immense, magnifique ! Si laborieuse et tout entière consacrée au commerce, à la littérature, à l'art et à l'artisanat.

« À mon arrivée, j'ai pourtant rencontré des difficultés, car les Perses avaient instauré un nouveau et étrange système pour remplacer le troc. Là-bas, les gens achetaient les choses avec des pièces, c'est-à-dire avec des petits ronds de métal pas plus grands que ton pouce et auxquels ils conféraient une valeur arbitraire. Avec ces pièces, on se procurait ce dont on avait besoin ou ce que l'on désirait. Le problème était que je n'avais aucune idée de la manière de me les procurer ! Plus on me l'expliquait, plus cela me semblait compliqué. Et pourtant, il y en avait partout. Chacun possédait des pièces, mais trouvait toujours une excuse différente pour ne pas m'en donner. Il m'a fallu trois jours pour réaliser que mes bijoux valaient bien plus que leurs petites pièces. J'avais seulement vingt ans et j'étais absolument affolé. Quand je revins, et que j'expliquai tout cela au roi Bimbisara, il décida qu'il changerait notre économie au moment opportun, en fait il n'y a guère eu à attendre, et il introduisit les pièces chez nous. Tu devrais y penser, Siddharta, ces petites pièces sont la voie de l'avenir.

« Mais ce n'est qu'une partie de ce que j'ai appris. J'étais arrivé à la cour de Pasagarde avec des lettres d'introduction et je fus admis en l'auguste présence du roi Cambyse. L'homme qui gouvernait la Perse était un petit vieillard avide entouré par une armée de gardes eux-mêmes protégés par des armures d'un métal sombre que rien n'aurait pu traverser.

– Tu veux dire que leurs armures étaient plus résistantes que les nôtres, demanda Siddharta.

– Sans comparaison et, avant que tu ne me le demandes, je te montrerai les pièces que j'ai rapportées. Maintenant nous tentons d'en fabriquer de semblables. Nous t'enseignerons ce que nous avons déjà appris, pourvu que le roi Bimbisara le permette.

– Et alors ? continua Siddharta, curieux. Il n'y a pas que des ronds de métal que tu aies rapportés de là-bas, j'ai cru comprendre que tu y as surtout rencontré de nouveaux dieux. Ne veux-tu pas me raconter quelle est ta foi ?

– Eh bien, petit lion des Shakyas, le roi de Perse et sa cour croient en Zoroastre, prophète d'Ahura Mazda, le seigneur du Bien et de la Sagesse, et en son vieil ennemi Ariman. Seulement deux dieux, Siddharta, mais leur histoire aura une fin heureuse, contrairement à celle des nôtres dont les aventures n'aboutissent à rien d'autre qu'à un retour au néant. J'ai vraiment admiré cette vision des choses et je l'ai faite mienne. Le roi Bimbisara, qui est toujours en quête de nouveautés métaphysiques, a consenti sans difficulté à me voir adopter la religion des Perses. Elle raconte l'histoire de la création par un dieu de pure lumière. Une entité indépendante et mauvaise s'est introduite dans cette création et commença alors une bataille cosmique qui devrait se terminer par la victoire de la lumière. Et Siddharta, ceci te plaira, une bataille où l'individu, au lieu d'être passif comme nous le croyons, doit choisir de son libre arbitre et s'engager lui-même activement dans la lutte pour le bien en actes, paroles et pensées. Ainsi Zoroastre, Ahura Mazda et l'homme combattent ensemble pour la justice sur terre.

– Quel travail! ironisa Siddharta. Puis redevenant sérieux : C'est donc de là que viennent tes idées! Mais que faisais-tu auparavant? Où as-tu étudié?»

Le Magadhien tourna vivement la tête pour éviter d'ingurgiter une autre portion de mangue, demandant silencieusement grâce à ses belles tortionnaires.

Siddharta examina soigneusement le prêtre et lui demanda : «Chez les sages de Perse, aurais-tu par hasard croisé un homme du nom de Mahabali?»

L'autre se releva brusquement : «Mahabali! Ce scélérat! Un homme sage, crois-tu?»

Étonné, Siddharta demanda pourquoi tant de véhémence.

«Il s'est enfui avec ma femme!

– Il a fait.. quoi? s'exclama Siddharta gagné par l'hilarité.

– Non seulement j'ai eu beaucoup de mal à me procurer ces maudites pièces, se déchaîna le Magadhien, mais j'ai tout dépensé pour cette femme. Mais par tous les dieux, qu'elle était belle! Une peau de lait et des formes pleines. Ses mains, ses lèvres, ses yeux noirs, tout cela habité par un torrent de sensualité qui coulait en elle. Je ne l'oublierai jamais, elle m'a rendu fou. J'ai beaucoup appris grâce à Mahabali : s'il ne l'avait pas ensorcelée avec sa magie, car il étudiait la magie, sais-tu...

– Réellement? encouragea Siddharta, les yeux brillants.

– Je ne serais jamais sorti de son lit et je n'aurais rien étudié du tout. Cette femme était insatiable! L'expression nostalgique du prêtre corroborait son histoire. Il se glissait sous sa fenêtre et il lui susurrait des promesses d'éternité et de jeunesse perpétuelle, lui disant qu'il l'initierait aux mystères rajayaniques, l'alchimie de la jeunesse. Elle l'a écouté, prise entre la peur de ses sourcils noirs menaçants et son désir de préserver sa beauté qui lui donnait tant de pouvoir sur les hommes et sur la vie. J'ai essayé de la garder, je lui ai tout dit à propos des horribles pratiques nécessaires à la magie. Je lui ai dit que c'était merveilleux de vouloir devenir invisible, lourd ou sans poids à volonté, de marcher sur les eaux, de deviner les pensées des autres ou de connaître le passé et le futur. Mais je lui ai demandé…»

Un sourire mélancolique naquit sur ses lèvres, provoqué par de plaisants souvenirs. «Je lui ai demandé, en caressant ses beaux seins, si elle était prête à partir avec Mahabali et à le suivre dans la nuit sombre dans les cimetières à la limite de la jungle, là où étaient exposés les corps des morts en d'horribles entassements malodorants attendant d'être dévorés par les chacals et les vautours, pour trouver le crâne d'un homme mort par pendaison et ensuite remplir ce crâne avec de la terre et des grains d'orge. Et puis, jour après jour, avec Mahabali, elle aurait dû le contempler avec ses sourcils en aile de corbeau arrosant le crâne avec du lait du chèvre jusqu'à ce que les pousses soient assez longues pour les tisser en guirlandes, qui, une fois tressées en collier autour de son cou, la rendraient invisible.» Les traits du prêtre grimaçaient à cette vision désagréable, pendant que Siddharta dégustait cette histoire, avide d'en savoir la suite. «Mais quoi, si Mahabali était le premier à prendre la guirlande, il pourrait lui faire ce qu'il voudrait en permanence et il ne s'en priverait pas. Et que pourrait-elle faire? Crier? Et alors, il serait invisible et son corps deviendrait le jouet de ce maudit magicien! Voilà comment je l'ai découragée d'apprendre la magie! Pourtant la vanité féminine l'a emporté et elle s'est enfuie avec lui. Un jour elle m'a fait sortir sous prétexte d'acheter du vin – une boisson fermentée qui vient de la vigne et qui te plaira sûrement – et elle m'a dit de ne pas revenir les mains vides. Étant sorti avec plus de pièces que d'habitude, je suis revenu avec le meilleur vin, avec l'espoir de gagner ses faveurs, au moins pour la nuit. Mais quand je suis rentré, elle était partie. Mon cœur s'est brisé et j'ai passé une semaine entière à tituber de taverne en taverne. Puis je me suis rendu tôt le matin là où j'avais l'habitude de suivre l'enseignement de mes maîtres. Tu dois savoir, Siddharta, tous les hommes supérieurs de notre temps se sont croisés à Pasagarde pour y étudier. Des étudiants venaient aussi bien de nos contrées que du pays des Hellènes. Tous les meilleurs professeurs étaient là-bas. Et là, j'ai appris le terrible scandale. Mahabali, qui était considéré comme un des plus brillants astrologues, alchimistes et médecins, avait été surpris au milieu de je ne sais quel rite macabre, et tout cela uniquement pour séduire cette femme, dont j'ai appris plus tard qu'elle avait une réputation des plus douteuses. Tout cela devait faire un spectacle funèbre : des bûchers, des ossements, des crânes. Plus tard, je me suis demandé si quelque jaloux n'avait pas rajouté quelques détails macabres. Les autorités décidèrent alors que, en dépit de la valeur intellectuelle de Mahabali, il n'était pas acceptable qu'un professeur puisse s'adonner à ces pratiques scandaleuses. Ainsi se termina l'histoire de Mahabali.

« Maintenant, Siddharta, tu dois me laisser me retirer. Je suis véritablement épuisé. Ou, si tu me retiens, ma réputation va bientôt valoir celle de Mahabali », termina-t-il en jetant un regard aux servantes. Il se leva et marcha vers la porte.

Après réflexion, il se retourna vers Siddharta qui le regardait comme un chat : « Prince, comment se fait-il que tu connaisses le nom de Mahabali ? » questionna-t-il, soupçonneux.

Les yeux de Siddharta brillaient : « Ah, mage ! C'est à moi de savoir et à toi de deviner. »

Et il s'enfuit dans sa chambre avant que le prêtre intrigué puisse ajouter un mot.

Vengeance de Virudaka

Au Kosala, Virudaka était seul dans ses appartements au décor surchargé, conforme à ses goûts ostentatoires : il n'y avait pas un centimètre qui ne fût décoré, peint, clouté d'argent ou encombré d'objets. Des voilages brodés pendaient des murs en un patchwork coloré, tandis que des panoplies d'épées, trophées supposés de ses batailles, mais dont on disait que beaucoup venaient du bazar, étaient accrochées bien visibles de l'entrée : des épées longues, courtes, des glaives, des sabres recourbés de Perse, méticuleusement disposés. À côté de la collection d'épées, tout un jeu de cordes attachées par tous les nœuds possibles et connus pour attacher le bétail ou capturer les hommes.

Depuis sa plus tendre enfance, un des exercices favoris de Virudaka était de faire et défaire les nœuds les plus compliqués ; il aimait particulièrement ceux qui servaient à prendre un serpent ou une mangouste, ou encore les nœuds coulants pour les pendaisons. Cette manie l'aidait à mettre de l'ordre dans son chaos intérieur et à clarifier ses pensées. Sur une haute table, au milieu de la pièce, étaient disposées des statuettes de céramique modelées à l'image de tous les ennemis de Virudaka, dont bien sûr Siddharta, mais aussi l'armée du Kosala, son général et Virudaka lui-même. Ces figurines étaient disposées suivant différents ordres de bataille ; les meilleurs potiers du Kosala rivalisaient pour obtenir les commandes de Virudaka qui, chaque mois, réclamait de nouvelles petites statues pour représenter de nouvelles batailles miniatures qu'il pourrait rejouer autant qu'il le voudrait et qu'il finirait toujours par remporter. Les fenêtres étaient grillagées : mieux valait étouffer qu'être assassiné. Une cruche de soma à moitié vide gisait sur la table, au milieu de cette armée, et Virudaka vidait le calice d'argent qu'il remplissait de nouveau impatiemment pour le boire d'un trait. Ses yeux étaient lourds de manque de sommeil, et des cernes noirs contrastaient avec la pâleur de son visage. Les sentiments opposés qui se disputaient son esprit provoquaient en lui une tension permanente. Il continuait à boire du soma et essuyait son front en sueur ; il était seul et il n'y avait personne pour l'observer.

Sans se faire annoncer, le général entra et s'assura qu'ils

étaient seuls avant de fermer la porte dont le bruit fit se dresser Virudaka. Son attitude sinistre était en accord avec l'humeur noire du prince. Ils ne dirent pas un mot, mais leurs yeux exprimaient tout ce qu'ils ressentaient, et l'apparition du général venait d'apporter une réponse à Virudaka qui baissa le regard et déglutit avec peine.

Après quelques instants, toujours sans un mot, le général rouvrit la porte et fit signe à un serviteur de rentrer. Un petit homme qui jetait des regards malveillants et affolés tout autour de lui glissa sur ses pieds nus. De la main gauche, il soutenait un plat d'argent couvert d'un linge blanc ; il se tint au milieu de la pièce et attendit.

Virudaka lança un regard d'intelligence au général qui donna un ordre silencieux au serviteur. Il ôta le linge.

Un spasme envahit Virudaka...

Les yeux du général devinrent de glace.

Virudaka chancela, s'embrouilla...

Posée sur le plateau, il y avait la tête de son père, les yeux ouverts, vitreux, la peau prenant déjà le teint de cire de la mort. Les longs cheveux de Prajenadi étaient collés de sang noir et sa bouche était béante comme pour crier ou accuser.

Tout le poids de sa propre condition mortelle écrasa Virudaka. Avec peine il se reprit et demanda : « Était-il seul ?

— Non, prince, répondit le général d'une voix blanche. Je l'ai fait pendant la nuit alors qu'il dormait entre votre mère et deux filles du harem, et mon épée a fait ce qu'elle devait.

— Ma mère ? grinça Virudaka.

— Tu avais dit qu'il ne devait y avoir aucun témoin. »

Peur, ressentiment, colère, douleur de tout ce qu'il avait irrévocablement perdu, tout cela montait en lui. Les larmes envahirent ses yeux et ses pensées troublées le submergèrent. « Je n'étais qu'un enfant quand tu m'as rejeté », songea-t-il. Le souvenir des bras froids de sa mère le tenant sans conviction, ne le pressant jamais contre elle, le regret de n'avoir jamais connu la chaleur comme les autres enfants qui semblaient toujours heureux et riants et qui avaient toujours quelqu'un pour s'occuper d'eux. Le regard indifférent de son père, le jour où il vint tout excité lui parler de son nouveau cheval qu'il avait monté un tour de manège entier sans tomber. Personne ne faisait attention à lui, personne ne se souciait de lui. Le jeune garçon avait besoin de tendresse et d'amour comme les autres, et il s'était progressivement aigri. Sans cesse il entendait murmurer derrière son dos, et le sentiment de son infériorité s'était imposé sous le poids des regards et de la condescendance qu'il rencontrait sans cesse et ne comprenait pas. Et puis il y avait eu des indices, des allusions à sa naissance et à une origine inavouable, et son besoin d'être aimé et accepté toujours insatisfait, et son cœur qui souffrait de chaque nouveau rejet et s'empoisonnait de son propre fiel.

Il jeta la coupe brusquement ; elle répandit son contenu rouge comme du sang avec un bruit sourd.

« Pourquoi, père ? Tout cela aurait pu être si facile si tu m'avais considéré. Mais tu savais toujours tout mieux que moi, bégaya-t-il.

– Il avait choisi le camp de nos ennemis, prince. »

La voix froide du général s'insinua dans l'esprit enfiévré de Virudaka.

« Oui, avec l'ennemi, répéta-t-il comme un somnambule.

– C'est son karma qui est la cause de tout cela, prince.

– Oui, murmura Virudaka les yeux fixés sur la tête de son père. Le résultat de son karma, c'est la conséquence de ses propres actions. »

Le regard fixe et dur du général empêcha Virudaka de continuer à geindre.

Maintenant il fallait assurer le commandement. Virudaka réajusta ses vêtements, respira profondément et, en fronçant les sourcils, se composa un masque d'autorité pour donner ses instructions.

« Préviens nos alliés. Nous marcherons sur la capitale des Shakyas dès que possible.

– Sans faire de déclaration de guerre formelle, prince ? demanda le général malignement.

– Si nous nous plions aux règles, général, nous perdrons l'effet de surprise. Nos forces doivent se tenir prêtes pour une attaque concertée, et il nous faut achever cette campagne avant le retour de mon bon ami Siddharta.

– Mais attaquer durant l'hiver va provoquer d'immenses difficultés. Siddharta ne reviendra pas avant le printemps et nous avons du temps. Laisse-nous le temps de tout préparer avec soin», proposa le général.

Les yeux mi-clos, Virudaka pesa ces éléments : «Tu as raison, concéda-t-il. De toute façon, quelle chance ont les Shakyas ? Nous balaierons leur petite armée en un jour, et cela même si c'est Siddharta qui les conduit.

– Oui, prince. Tu comprends tout ; je parlerai avec les généraux alliés.»

Le général s'inclina et se dirigeait vers la porte quand il fut arrêté par la voix arrogante de Virudaka : «Hé, général, c'est "Oui, Majesté" qu'il faut dire maintenant.»

Le général se retourna et, en se courbant avec une obséquiosité affectée, quitta la pièce.

Virudaka, incapable de supporter le spectacle de la tête tranchée de Prajenadi, se détourna pour trouver la consolation dans l'ivresse qui viderait son esprit.

Chez les Shakyas, la mousson avait clos le cycle de l'année. Les rivières pleines à ras bord coulaient à travers les vallées toujours vertes. Les eaux très abondantes provoquaient quelques inondations dans des endroits isolés et les marais étaient temporairement à éviter, mais cette année les dieux étaient bons pour les Shakyas. Les rizières étaient bien irriguées et les champs de céréales prometteurs. On pouvait ressentir un parfum subtil dans l'air tandis que la nature entière se préparait à renaître.

Asvapati et Suddhodana passaient le plus clair de leur temps ensemble dans les appartements royaux, se tenant compagnie en attendant le retour de Siddharta et d'Ananda.

Bien que le souverain se sentît en paix avec lui-même, il souffrait de la solitude et son fils lui manquait. Debout devant les larges fenêtres, il contemplait le paysage et songeait que, s'il n'avait été roi, il aurait aimé être paysan. La sensation de la terre coulant entre ses doigts, solide, humide, chaude, lui touchait le cœur. Il aimait aussi se promener dans la jungle, même si cela était dangereux, ou dans les bois, au pied des montagnes, et s'asseoir au bord de la rivière. Il en retirait un sentiment de paix et goûtait la tranquillité de la terre. La diversité des formes de la nature, de l'eau, du feu était pour lui un objet de contemplation perpétuelle et un vrai réconfort.

Asvapati était assis jambes croisées sur un tapis, suivant le regard du roi et devinant ses pensées. Ils avaient passé tant d'années ensemble que le brahmane n'avait guère de mal à découvrir ce qui se passait dans l'esprit de son maître. Ils s'étaient si souvent promenés à travers les rizières, les bois, profitant de ces moments privilégiés pour ouvrir leurs cœurs et méditer les questions importantes, qu'Asvapati connaissait toutes les pensées du roi.

«Le changement des saisons est un moment important, le retour à une nouvelle vie, dit Asvapati, interrompant la rêverie du roi. Et ton fils va bientôt revenir, juste à temps pour voir fleurir ses pommiers bien-aimés.»

À peine avait-il prononcé ces mots que la porte s'ouvrit et que Chandaka surgit dans un état d'extrême agitation et dit : «Sire, un visiteur pour une affaire très urgente!»

Sachant par expérience que de telles urgences étaient généralement de mauvais augure, le roi se prépara au pire : «Fais-le entrer!»

Le conducteur de char revint en compagnie du brahmane du Kosala, plein de dignité dans son simple vêtement de lin orné d'une chaîne d'argent enserrant des opales.

Le roi et son brahmane regardèrent l'homme figé et préoccupé, maintenant certains que cela n'annonçait rien de bon.

Le visiteur s'inclina profondément, paumes jointes en signe de respect : « Tous mes vœux, roi Suddodhana.

– Qu'est-ce qui t'amène ainsi ?

– De terribles nouvelles, dit le brahmane kosala en baissant les yeux. Le roi Prajenadi est mort, assassiné. » Suddodhana et Asvapati se regardèrent horrifiés : c'en était fait de la nouvelle paix.

« Et le jeune tyran Virudaka est en train de rassembler une puissante armée, poursuivit le Kosala, au supplice. Il s'apprête à envahir ton royaume au printemps. Il a conclu un accord avec les Vrijins et les Mallanes, à qui il a promis tout le butin qu'il y a ici, tandis que lui gouvernera le pays des Shakyas. C'est une abomination dont les miens sont coupables. » Ces derniers mots avaient coûté un effort visible au fier brahmane.

Le roi ferma les yeux un instant, comme pour assimiler cette nouvelle.

« Pourquoi es-tu venu me raconter tout cela ? »

Le brahmane le regarda droit dans les yeux : « Si je suis ici, roi des Shakyas, ce n'est pas pour trahir les miens, mais pour les protéger de la démence de Virudaka. Tu comprendras que je suis avant tout un serviteur de Brahma et que je ne veux pas souiller mon karma en violant consciemment sa loi. Après t'avoir dit cela, je vais me retirer du monde et rejoindre les ascètes dans l'espoir que la réalisation de ma pénitence compense un peu toute cette ignominie. »

Le roi se redressa de toute sa taille. Le brahmane avait toujours gardé sa dignité.

« Tu es un homme honorable, brahmane. Je serai toujours ton débiteur. » Le roi hocha la tête pour repousser ses craintes et apaiser le désordre de ses esprits. Il était pâle et se tourna vers Chandaka qui avait suivi toute la conversation, impatient de se rendre utile.

« Tu dois avertir Siddharta. Prends mon meilleur cheval et précipite-toi », ordonna Suddhodana.

Chandaka hocha la tête, conscient que la vie de son ami dépendrait de lui : « Oui, Majesté. Je pars à l'instant même!» Respectueusement, il s'inclina et sortit, mais la porte franchie il courait déjà, se précipitant vers les écuries. La tête penchée et les épaules voûtées, Suddodhana semblait avoir vieilli de dix ans. Il ne pouvait pas se cacher la vérité : les Shakyas n'étaient pas en mesure d'affronter seuls des hordes d'ennemis unis derrière ce démon indestructible et obstiné qu'était Virudaka.

Asvapati conservait son calme, bien qu'il partageât les angoisses de son vieil ami. Ni l'un ni l'autre ne se faisaient d'illusions sur la capacité des armées shakyas à résister à une telle coalition.

Celui-ci se tourna vers lui et lui dit : «Assure-toi que les sandales de Siddharta soient placées sur le trône de pierre dans la clairière afin que nul n'ignore que le royaume lui appartient et qu'il reviendra. Puis envoie-moi le général. Nous devons disposer nos troupes au plus tôt.»

La voix du roi était brisée.

Les troupes kosalas progressaient rapidement. Le printemps commençait et le ventre de Yasodhara s'était bien arrondi. Son frère Virudaka était parvenu à ses fins ; seule dans ses appartements, l'épouse de Siddharta pleurait sur le sort des Shakyas et de tous les hommes qui allaient périr. Et elle était torturée par mille questions. Où était son époux ? Chandaka était-il arrivé ? Que pourrait faire le prince ? S'il se précipitait, ne risquait-il pas de tomber dans les mains d'un Virudaka déjà vainqueur des Shakyas et qui attendrait son ennemi ?

De fait, Virudaka et ses troupes ravageaient le pays et marchaient droit vers la capitale. Des nouvelles terrifiantes parvenaient chaque jour aux occupants du palais. Puis les messages arrivèrent heure par heure : les armées coalisées saccageaient tout dans leur progression. Les maisons de bois des paysans et du peuple brûlaient par centaines, champs et rizières étaient dévastés et il y avait chaque jour des massacres, des viols et des pillages. Yasodhara se tenait à sa fenêtre, regardant avec horreur les fumées noires qui montaient de l'horizon et obscurcissaient le ciel. Elles se rapprochèrent jusqu'à ce que l'incendie gagne les faubourgs. Cette fois la bataille pour la capitale avait commencé. On entendait des cris et on était suffoqué par l'odeur âcre des incendies. La panique avait envahi la cité. Les gens couraient dans tous les sens, inévitablement rattrapés et massacrés par les soldats du Kosala, assoiffés de sang. Chariots, boutiques et étals renversés alimentaient le feu qui s'était communiqué aux maisons de bois. Des rues entières flambaient. Les chevaux échappant aux soldats et surtout les bœufs devenus fous qui couraient à travers la ville écrasaient indistinctement Shakyas et Kosalas.

Les bataillons de tête kosalas s'élançaient maintenant contre les barricades qui défendaient encore les portes du palais. S'emparant d'un tronc d'arbre pris à l'étal d'un marchand qui s'était enfui depuis longtemps, les soldats en firent un bélier et en quelques coups forcèrent les portes. Ils se ruèrent dans la cour du palais brandissant leurs épées, hurlant de rage.

« Quel est ce bruit? Brahma, pourquoi les laisses-tu faire? Ils sont dans le palais », criait la princesse, espérant que quelqu'un pourrait encore l'entendre, mais tous les Shakyas valides participaient à la défense. Une pauvre servante se rua dans la pièce terrifiée : « Madame, Madame, ils ont envahi tout le rez-de-chaussée et ils seront là dans un instant. Que devons-nous faire?

– J'ai si peur pour mon enfant, dit Yasodhara, tenant son ventre comme pour le protéger. Quelle est cette douleur soudaine ?»

La transpiration perlait à son front. Yasodhara courut hors de la chambre, traversa des couloirs, descendit des marches et se retrouva dans un cour grouillante : « Mon frère ne peut pas vouloir cela. Il m'aidera. Arrêtez ce massacre », hurlait-elle.

Les guerriers kosalas qui avaient atteint la cour en finissaient avec les quelques Shakyas qui résistaient, l'épée au poing. Les corps désarticulés des Shakyas et Kosalas morts s'entassaient dans la poussière.

« C'est mon peuple ! hurlait désespérément la princesse, se précipitant vers l'officier qui commandait les soldats. C'est de la folie ! Vous ne pouvez pas vous tuer ainsi ! »

Se dégageant, l'officier qu'elle harcelait la repoussa. Des soldats, voyant cette femme échevelée, l'encerclèrent et certains se demandaient s'ils pouvaient violer l'ancienne princesse du Kosala.

« Laissez-la », commanda l'officier.

De mauvaise grâce, les soudards la laissèrent, passèrent devant elle et se ruèrent à l'intérieur du palais, à la recherche de servantes ou d'autres femmes qu'ils pourraient violenter en toute impunité.

Sans espoir, Yasodhara tenta de les arrêter. Finalement elle réussit à en agripper un assez longtemps pour lui demander : « Où est mon père ? Où est le roi ? Réponds-moi ! » Le soldat se dégagea mais, avant de suivre ses camarades, il lança à la princesse : « Prajenadi est mort. »

Derrière Yasodhara, le nouveau roi, Virudaka, fier et autoritaire, se fraya un chemin à travers ses troupes jusqu'à sa sœur. Il portait l'armure royale de leur père. Sur sa poitrine et son bouclier brillaient des éléphants. Lorsqu'il rejoignit Yasodhara, la princesse n'avait pas encore réalisé la situation dont toute l'horreur lui avait été en partie cachée. « Es-tu responsable de tout cela ? » demanda-t-elle en tremblant de tout son être.

Les lèvres de Virudaka esquissèrent un ricanement. Un horrible soupçon vint à l'esprit de la jeune femme lorsqu'elle posa la question suivante : « Et la mort de notre père ? Est-ce aussi ton œuvre ? ».

Ses yeux imploraient une réponse négative.

« *Notre* père, Yasodhara ? répéta Virudaka en la regardant de haut. Tu as cessé de faire partie de notre famille lorsque tu es entrée dans cette maison et que tu as recueilli la semence de cet homme dans ton ventre. »

Se précipitant vers son frère, elle hurla : « Pourquoi, pourquoi as-tu fais cela ? »

Virudaka avait rêvé de voir sa sœur se soumettre à ses volontés et demander grâce ; mais au lieu de cela elle lui faisait face et le maudissait. Il l'écarta brutalement et rejoignit ses hommes avec une affectation théâtrale, tandis qu'elle s'effondrait au sol.

Les cris de sa bru parvinrent jusqu'à Suddodhana qui se battait pour protéger la porte de la tour qui abritait les précieuse reliques des Shakyas et leurs trésors. Laissant ses hommes, et redoutant le pire pour l'enfant à naître, il se rua par une petite porte et déboucha face à Virudaka, l'écartant de ses hommes.

La situation dépassait tout en horreur : la guerre perdue, son peuple massacré, ses troupeaux abattus et maintenant sa belle-fille tombée au sol et agrippant son ventre, et peut-être son petit-fils qui ne naîtrait jamais. Le roi Suddhodana se sentit devenir fou quand il vit Virudaka à sa portée. Il se précipita vers lui : « Tu n'es qu'un bâtard. Prépare-toi à mourir. »

La puissance de la charge de Suddodhana, décuplée par sa rage, lui donna l'avantage, et Virudaka rompit, s'abritant de son bouclier et incapable de contrer une telle rage. Pendant le duel des deux chefs, le massacre continuait dans un cliquetis d'épées. En quelques pas, Virudaka se trouva acculé dans un coin. De toute sa force, Suddodhana brandit son épée par-dessus sa tête et porta un puissant coup de taille. Le Kosala parvint difficilement à parer de sa propre épée et fut ébranlé. Maintenant, ils s'affrontaient force contre force, fureur contre fureur et, en dépit de son âge, Suddodhana était sur le point de faire plier le jeune homme. Au moment où il se préparait à porter un coup décisif, un cri perçant suspendit sa frappe : Yoshodara se pliait en deux et son hurlement traversait la bataille. À ce moment, elle s'évanouit.

Virudaka profita du répit que lui offrait son adversaire pour le frapper du pied à la ceinture et le faire reculer le souffle coupé. Il put ainsi se dégager de l'angle où il était acculé. Le roi revint sur son adversaire et, avec peine, reprit son attaque. Virudaka esquiva une autre frappe d'extrême justesse mais, déséquilibré, tomba au sol et roula sur lui-même pour se relever hors de portée de l'épée adverse. Des soldats shakyas arrivèrent et se précipitèrent pour secourir leur roi. Voyant la princesse étendue livide et leur chef couvert de sang, sa cotte de mailles déchirée, ils explosèrent de rage et se jetèrent d'un même mouvement sur Virudaka. Surpassé par le nombre, le Kosala tourna les talons et courut rejoindre ses propres troupes qui formaient la ligne à quelques pas. Ahanant, Suddhodana le vit s'éloigner : «Va, cours. Mais tu ne peux pas échapper à ton karma, il te suivra partout. Pas à cause de ce qu'était ta mère et de ce qu'elle a fait, mais à cause de ce que tu es devenu. Tu paieras pour tout cela, couard.» Ses malédictions résonnèrent fort et clair derrière son ennemi.

Tout en faisant retraite, Virudaka tourna la tête en ricanant en direction du roi, mais il réfléchissait : Suddhodana et Yasodhara devaient rester en vie pour servir d'appât à Siddharta. Car c'était Siddharta qu'il voulait écraser.

Sachant combien le Shakya était étranger au monde des kshatryas gouverné par l'épée, Virudaka prévoyait qu'il n'attaquerait jamais les Kosalas uniquement pour reconquérir son royaume. Et pourquoi, d'ailleurs ? Bientôt il n'en resterait plus rien.

La suite alla très vite. Quand Suddhodana épuisé fut désarmé, la résistance finit sur-le-champ. Virudaka ne s'attarda pas pour jouir de sa victoire : il était bien plus urgent de s'en retourner à Sravasti et d'y paraître dans toute la gloire du vainqueur pour y consolider un pouvoir encore mal assuré. Cette guerre gagnée en un éclair était le plus sûr moyen de prouver sa légitimité et de justifier la disparition de Prajenadi.

Pour bien montrer en quelle estime il tenait les soldats shakyas, Virudaka ne laissa guère qu'un bataillon pour garder sa sœur et Suddhodana.

La voie du pouvoir

Cette nuit-là, au royaume de Magadha, les étoiles répandaient une lumière froide sur le palais et, par moments, le ricanement des chacals troublait le silence. C'était une nuit qui incitait à oublier toutes les réalités du jour et où l'esprit, moins sûr de la réalité des choses, était prêt à toutes les errances. Siddharta, parfaitement réveillé, reposait sur le dos et contemplait le plafond par les ouvertures de sa moustiquaire. Une des ravissantes petites servantes brunes dormait à ses côtés, langoureusement étendue sur la couche. Par les arcades des fenêtres du palais montait un parfum de nénuphars qui incitait encore davantage à la volupté ou à la rêverie.

Le prince, attiré par la douceur de cette nuit, enfila un vêtement et se hasarda dans les couloirs, muni de sa précieuse flûte. Les couloirs semblaient gris sous la lune, et les ombres denses de minuit parfois barrées par des rayons de lune cachaient les murs. Il ne résista pas à la tentation de jouer quelques notes de sa flûte qui se perdirent dans les interminables corridors, n'éveillant que de lointains échos dans l'obscurité. À un croisement, Siddharta choisit la seule voie éclairée : un couloir où des lampes à huile brûlaient jusqu'au matin.

Il aboutit ainsi sur un vaste hall dominé par un dais qui abritait le majestueux trône aux taureaux du Magadha, et où ne s'asseyait que le roi. Ce siège du pouvoir était composé de deux taureaux massifs sculptés dans la pierre réunis par une dalle de pierre. Un baldaquin d'argent martelé surmontait le trône, rattaché au plafond par quatre longues chaînes d'argent. De chaque côté, de grands brasiers contenaient des torches qui jetaient des ombres bleues sur les murs blancs décorés de fresques bleu et vert. Par endroits, des mosaïques argentées reflétaient la lumière de la torche. Quant au sol, il était vide de tout siège ou de tout tapis, nul n'étant autorisé à s'asseoir en présence du souverain. Sur le côté gauche, toute une rangée de statues identiques représentaient des êtres mi-humains, mi-animaux. Impressionné par cet endroit grandiose et solennel, Siddharta cessa de jouer de la flûte et s'approcha lentement du trône, souple et silencieux comme un chat. Son désir et sa confiance augmentaient tandis qu'il grimpait les marches jusqu'au trône même. Après une ultime hésitation, il s'assit. Ses mains caressèrent les taureaux froids et finirent par s'arrêter pour prendre appui fermement sur les cornes. Siddharta éprouvait un véritable sentiment de sérénité et, sûr de lui, se pencha en arrière. Son imagination lui représentait ce qui était déjà et ce qui serait. Des hauteurs royales, il contemplait la pièce où les souverains lui rendaient hommage.

Tout d'un coup, il sentit une présence. Un homme sortit de l'ombre. Surpris, Siddharta se redressa.

Par son allure massive, sa barbe et son vêtement, l'homme ressemblait à la part humaine de la statue, mais ses yeux étroits et perçants sous un front épais et sa physionomie en général évoquaient aussi à Siddharta celle d'un aigle. Il portait une simple robe blanche, ses cheveux étaient attaché derrière sa tête et lui tombaient jusqu'au bas du dos. En voyant la réaction de Siddharta, l'homme sourit, il s'adressa au prince d'une voix douce :

«Assieds-toi ! Il n'y a que toi et moi ici. Tu sembles bien là... cela devient toi.»

Les manières de l'inconnu mirent Siddharta à l'aise. Il se rassit, heureux. L'étranger s'approcha du trône et s'assit contre la dernière statue au pied des marches menant au siège royal. Il observait le jeune homme : «Que ressens-tu ?» demanda l'étranger pendant que les mains de Siddharta exploraient la surface du siège de pierre comme pour y chercher des souvenirs.

«Je suis bien !

— Ce doit être bien agréable d'être le roi des rois, ajouta l'autre, examinant toujours Siddharta.

— Agréable ? Je ne sais pas, répondit Siddharta, choisissant ses mots. Les responsabilités doivent être écrasantes.

Si j'étais vraiment à cette place, serais-je capable de prendre les bonnes décisions pour tant d'hommes ?»

Il marqua une pause, cherchant une réponse en lui-même : « Quand mon petit royaume est en guerre, mon cœur se brise à l'annonce de chaque mort ; si je disposais du pouvoir du roi des rois, comment pourrais-je supporter tout cela ?

– Certes, le pouvoir est ce que l'homme désire par-dessus tout. Quel homme ne souhaiterait pas acquérir une position de puissance ? Mais lorsqu'il l'a atteinte, elle ne lui suffit plus et il désire plus de pouvoir encore...»

L'attitude de l'étranger encouragea Siddharta à continuer : « Oui, et que fait cet homme une fois qu'il tient le pouvoir dans ses mains ?

– Chaque homme use de son pouvoir différemment, dit l'étranger d'une voix lointaine. Le roi de Perse, notre voisin, a étendu son empire jusqu'à nos portes parce que son pouvoir est absolu et indivis. Et pourtant, plus à l'ouest, en Grèce, la cité d'Athènes a institué le gouvernement du peuple. Ils nomment cela "démocratie". J'ai cru comprendre qu'ils ne songent guère à étendre leur territoire, tant ils sont occupés à se quereller entre eux.

– Dans mon pays, le peuple a son mot à dire sur tout. Je ne sais pas si cela ressemble à leur démocratie, mais nous n'avons pas de mot particulier pour cela.

– Le partage du pouvoir engendre le chaos, dit l'homme tranquillement en croisant les bras. Supposons que tu sois un personnage royal et que rien ne t'empêche de monopoliser le pouvoir comme le roi de Perse. Tu es assis là, goûtant le sentiment de ta puissance. Si tu jouissais de ce genre de pouvoir, qu'en ferais-tu ?»

Siddharta sourit et, incapable de résister, répondit : « J'en profiterais ! Puis il corrigea : Si j'y étais contraint, je gouvernerais en me souvenant chaque jour que je n'échappe pas à la condition humaine et que je dois montrer de la compassion envers mes semblables. Je me battrais pour agir conformément à la vertu.

– Est-ce tout ? demanda l'étranger, amusé.

– Oui.»

Il regardait toujours Siddharta en souriant, puis, bâillant, il jeta un œil à la fenêtre par où pointaient les premières lueurs du jour. Il salua Siddharta : «Maintenant je dois partir. Mais je sais que ce programme est fait pour toi. Nous nous reverrons.»

Ainsi, pendant que s'accomplissait la destruction du royaume shakya, Bimbisara roi du Magadha se réveillait dans son lit et ses pensées capricieuses se remettaient en route.

Chaque matin, songeait-il, je me sens comme une pierre. J'ouvre les yeux et je vois les rayons du soleil. Lorsque ma conscience émerge, elle se divise en mille parcelles. Une partie de moi-même me rappelle tous mes devoirs, responsabilités et soucis, et je me sens aussitôt écrasé par cette charge : choses que je dois faire, que je devrais faire, que je pourrais faire, liste de situations graves, de périls à éviter et d'objectifs à atteindre. Je me répète tout cela.

«Une autre partie de moi-même est calme. Mon cœur est comme pris dans la glace : visible de tous mais incapable de sentir. Dans les lointains replis de mon esprit, j'entends la rumeur du mécontentement, du malheur, du désir de ce que je ne possède pas. Mais tout cela n'est pas assez fort pour atteindre ma conscience.

«Je demeure étendu sur mon lit, attendant que se fasse l'équilibre entre les deux parties de moi-même. J'attends que les nécessités de la journée emplissent mon esprit comme le sable remplit le vide de mon cœur, et cela jusqu'à ce qu'un sens illusoire du devoir me donne la force de descendre de ma couche. Je suis si fatigué. Je sais que je remplis les devoirs de ma charge et que mon peuple se repose sur moi. Je crois que je suis bon pour lui, mais en réalité je cherche plus que cela et je ne peux maîtriser ce besoin que j'éprouve. Je sais seulement que je ne suis pas heureux. Quelle affirmation simple pour moi qui ai l'habitude des affaires complexes de la politique, du peuple et de ses récriminations incessantes.

« Je ne tire aucune satisfaction de savoir que je serai récompensé dans ma prochaine vie, une récompense liée à une autre vie où il faudra encore chercher. Non, je veux échapper à tout cela, je veux l'apaisement pour toujours. « Mes espions sont partout. J'ai mis au point un système tel qu'aucune information présentant le moindre intérêt ne peut m'échapper. La prophétie à propos de Siddharta, je n'en ai pas tenu compte à l'époque, mais elle est restée dans un coin de mon esprit et, je dois le reconnaître, quand je suis seul, j'y vois un semblant d'espoir. J'étais encore plus curieux de le rencontrer qu'il ne l'est lui-même de me connaître. Lorsqu'il était assis sur mon trône, totalement naturel, pensant qu'il était seul et que personne ne le voyait, je l'ai regardé avec une grande attention. Il a tout ce qu'il faut pour conquérir le monde et, quand il l'aura fait, cela ne lui suffira pas. Parce que ce n'est pas vraiment ce qu'il recherche. Bien que mes espions et tous ceux qui le connaissent m'aient assuré qu'il accomplissait avec conviction tous les devoirs d'un prince, je pense différemment. Je crois qu'il choisira l'autre voie, si elle existe. Et pourquoi pas ? Pourquoi ne pas rechercher le nirvana si c'est ce que l'on désire plus que tout et si ce désir est assez fort pour nous pousser à l'action. Je lui donnerai tout ce dont il a besoin pour suivre jusqu'au bout sa voie royale. Comme pour tout être humain, si le but est trop aisé, il perd de sa valeur. Un fois au sommet du monde, il restera insatisfait et il en sera conscient. Il n'est pas homme à se mentir. Je l'aiderai : ce sera pour lui un chemin aussi doux que la plus fine soie du pays jaune. Puis, si, par un miracle que je ne peux espérer moi-même, il trouvait la réponse et devenait le Bouddha, alors il m'enseignerait la voie. Peut-être qu'il sentira ce vide en moi et peut-être que je trouverai la paix et le bonheur, ce bonheur que le monde cherche. »

Les Shakyas allaient enfin être reçus en audience : le grand vestibule aux taureaux était plein de curieux. Une audience avec le monarque du Magadha, peut-être le roi le

155

plus puissant de son temps, n'était pas une petite affaire. Il avait la réputation d'être un souverain juste, c'est du moins ce qu'avaient affirmé les jeunes femmes et tous ceux qui avaient entouré Siddharta depuis son arrivée. De nombreux solliciteurs se pressaient pour voir le roi, et ils remplissaient la pièce du bruit de leurs murmures.

Un roulement de tambour annonça le roi, escorté par sa garde. Sur des pantalons rouges, il portait un longue robe de pourpre brodée d'un taureau d'argent et était suivi du grand chambellan, un homme maigre au visage étroit qui regardait le monde entier de toute sa hauteur. Le mage qui avait accompagné Siddharta marchait au pas à ses côtés. Quand le Grand Roi s'approcha du trône aux taureaux, toute l'assistance se prosterna. Il s'assit, le prêtre prit place à sa gauche et le chambellan à sa droite, tous deux quelques marches en contrebas. Le roi claqua dans ses mains, signal qui fit se relever les hommes prosternés dans un grand chuintement de longues robes encombrantes. Amusé, Bimbisara fit un signe de tête au grand chambellan qui commença un interminable discours psalmodié plus que prononcé. Le seul mot que réussirent à comprendre les Shakyas fut le nom de Siddharta Gautama.

Escorté de deux gardes du palais, ce dernier pénétra dans la salle et la traversa dans toute sa longueur. La foule des courtisans le regardait avec une curiosité bienveillante au fur et à mesure qu'il avançait suivi par Ananda et Lotus. Brusquement, Siddharta reconnut dans le roi du Magadha l'étranger de la nuit précédente.

Le prince des Shakyas s'inclina très bas, élevant les paumes au-dessus de son front pour montrer son profond respect : « Grand Roi, Majesté, je rends hommage à ton empire et à ceux que tu gouvernes. Je glorifie la puissance que tu exerces au nom de la justice et je proclame ta grandeur. »

Le Grand Roi le fixa, la tête pleine de pensées : « On m'a dit que la route commerciale vers l'Ouest est une source de conflits ; très exactement la route du Nord qui passe par votre royaume et que les Kosalas voudraient entièrement contrôler.

– Je parlerais plutôt d'un malentendu. Les Kosalas nous prennent pour des naïfs, mon père et moi, opinion que nous ne partageons pas», ajouta Siddharta.

Le roi amusé attendit de reprendre son sérieux pour répondre : «Et tu penses que je peux contribuer à résoudre ce malentendu.

– Oui, sire, nous les Shakyas sommes pris entre deux forces : la puissance du Magadha à l'ouest et l'avidité du Kosala à l'est. L'union des deux ne peut se faire qu'aux dépens de notre petit royaume.

– Oui, je vois bien comment tu pourrais un jour... cesser d'être indispensable.

– C'est pourquoi je suis ici, sire. La voix du prince sonna plus fort. J'ai besoin d'être assuré que notre royaume restera indépendant et, en échange de ta protection, j'offre à tes caravanes le libre passage à travers nos terres.

– Gratuitement, sans aucune taxe ?

– Aucune, sire. Quand il y a de l'argent en jeu, les rapports dégénèrent vite et j'aimerais que les nôtres restent sains. De plus, une paix sûre et durable est la meilleure chose que je puisse offrir à mon peuple.»

Bimbisara se tourna vers son chambellan et lui murmura à l'oreille, ce qui permit aux courtisans de manifester leurs réactions à voix basse. Sentant l'approbation tacite de la foule, le roi se retourna vers le prince.

«Le mage m'a dit tant de bien de toi, Siddharta, que je l'aurais soupçonné d'être partial si je n'avais eu l'occasion de te rencontrer en certaine circonstance que tu sais. Tu es un homme extraordinaire», dit Bimbisara assez fort pour que les courtisans puissent entendre.

Tout le monde se tut, car jamais on n'avait entendu un tel éloge tomber de la bouche royale. C'est à ce moment qu'un terrible fracas se fit entendre depuis l'entrée : se frayant un chemin à travers les gardes alertés, Chandaka, encore en tenue de voyage, marcha vers le trône et s'arrêta à hauteur de Siddharta d'un air hagard annonciateur des pires malheurs. Siddharta et Ananda blêmirent, mais, avant que l'un ou l'autre ait pu dire un mot, le roi reprit la parole : «Il se pourrait bien que les Kosalas soient aussi impatients qu'avides.»

Chandaka reprit sa respiration et s'inclina devant le trône, puis se tourna vers son prince et sa mère.

«Siddharta, murmura-t-il de façon à peine audible, les Kosalas ont rassemblé leurs troupes et se sont alliés à leurs voisins ; puis ils ont attaqué nos terres.

– Ma femme, mon père : que leur est-il arrivé ?

– Ils étaient vivants lorsque je suis parti, mais la bataille n'avait pas commencé et le roi voulait surtout que je te prévienne au plus tôt.»

Une hésitation dans la voix de son ami confirma les pires cauchemars de Siddharta qui, les yeux brillants, tentait de surmonter le choc. Bimbisara prit immédiatement le contrôle de la situation et cria quelques ordres : «Général!»

En un instant, le général en chef, un homme massif et qui gardait toujours la main sur un grand fourreau orné d'émeraudes comme pour manifester qu'il était prêt à la bataille, fut au pied du trône.

«Général, tu vas prendre le premier corps de notre armée pour accompagner Siddharta ; vous serez sous ses ordres. Qu'il secoure son royaume et qu'il inflige au Kosala le châtiment qu'il mérite. Pendant ce temps, Dame Lotus restera ici sous notre protection. Elle pourra suivre une caravane vers le pays des Ts'in si elle le désire où demeurer ici.»

Le général magadhien se courba devant son seigneur et se porta aux côtés de Siddharta qui, pour la première fois de sa vie, semblait écrasé. Il était confondu par la promptitude de la décision du roi et par l'aide généreuse, mais plus encore par ces nouvelles qu'il pressentait au plus profond de lui-même depuis son départ. «Sire? dit-il, tentant de reprendre le contrôle de lui-même.

– Prince Siddharta, lorsque tu auras sauvé ton royaume, à ton tour tu t'empareras des royaumes voisins. Alors il n'y aura plus de conflit à propos de la route du Nord, et nous nous aurons gagné la paix et un allié.» Le roi proclama devant les courtisans : «Ainsi en sera-t-il entre le roi de Magadha et son allié le roi Siddharta Gautama.»

Siddharta pressa le roi : «Sire, êtes-vous certain que vous vouliez m'accorder un tel pouvoir?»

Avec un sourire éclatant, Bimbisara conclut : «Si je n'en étais pas sûr, sois assuré que je ne l'aurais pas fait. Le seul danger possible pour mon trône, c'est toi, Siddharta, et c'est un danger dont j'accepte volontiers le risque.»

Siddharta, Ananda, Chandaka et le général se retirèrent immédiatement pour préparer leur départ. Les Shakyas étaient saisis de panique à l'idée de ce qui avait pu se passer dans leur pays pendant le temps écoulé depuis le départ de Chandaka.

En un temps remarquablement bref, l'armée fut rassemblée, prête à suivre Siddharta à marche forcée.

Le chemin de la souffrance

L'armée magadhienne progressait rapidement à travers jungle, plaines et vallées, la connaissance du terrain que possédait le général aidant à prendre la route la plus rapide.

Lorsque après plusieurs jours ils parvinrent aux plateaux qui dominaient le pays des Shakyas, les troupes établirent leur camp à quelques heures de marche de la frontière sous un ciel chargé. Ananda, Chandaka et Siddharta étaient plus inséparables que jamais. Ce nouveau malheur avait encore affermi leur amitié. Des espions les avaient déjà informés du martyre infligé à leur peuple par les Kosalas. Des précisions parvenaient régulièrement, toujours plus inquiétantes. Oui, Virudaka savait maintenant que Siddharta était en route avec la puissante armée du Magadha. Oui, le roi Suddodhana et Yasodhara étaient toujours en vie, mais personne ne savait dans quelles conditions. Chaque nouvelle était attendue avec impatience. Fatigués par cette énième journée de marche forcée, ils franchirent la bordure du plateau et la colline qui les séparait du pays des Shakyas, gardant l'espoir que ce qu'ils découvriraient serait moins terrifiant que ce que leur représentaient leurs imaginations torturées. Lorsqu'ils furent au sommet de la colline, les trois compagnons arrêtèrent leurs chevaux. Il leur suffit d'un regard pour constater que tout avait été pillé, saccagé. Les exactions des Kosalas se lisaient partout : rizières piétinées, champs saccagés, arbres abattus, terres détruites. Le sol était jonché des traces des combats : les corps des paysans massacrés étaient mêlés à ceux des guerriers des deux armées. Et nul n'avait donné de sépulture à ces morts confondus ou à ce qu'en avaient laissé chacals et vautours.

Ce qu'éprouvaient les trois hommes, figés dans un silence qu'aucun n'osait rompre, était une douleur d'une telle acuité qu'elle dépassait tout ce qu'ils avaient connu.

Au moment où ils s'avançaient, quelques femmes, certaines tenant leur bébé au cou, erraient sur le champ de bataille, en quête qui d'un mari, qui d'un frère, prêtes à se précipiter sur tout ce qui, dans ces restes horribles, pourrait évoquer l'être aimé. Sous le ciel gris, il semblait que Yama à la peau noire et aux yeux rouges, le dieu de la Mort, marchait avec elles, se délectant des cris des enfants et des larmes des mères, cherchant quelque nouvelle victime, quelque ultime goutte de sang pour teindre son manteau rouge.

Les trois Shakyas descendirent la colline, toujours muets d'horreur, sans que les malheureuses s'en aperçoivent seulement. Mais il y avait une autre présence : un soldat kosala qui se croyait en sécurité sur le territoire des vaincus et sortait d'une maison à moitié brûlée qu'il venait sans doute de piller. Malgré le cri de Siddharta, Ananda, le doux Ananda, qui brûlait de rage et de douleur, saisit instinctivement son arc et tira une flèche mortelle en plein ventre du soudard. Ce dernier s'écroula, cramponné à la flèche et cherchant de l'air. Siddharta regarda Ananda d'un air de reproche et celui-ci remonta sur la colline au sommet de laquelle il attendit confus ses deux compagnons.

160

Siddharta descendit de cheval et, laissant sa monture à la garde de Chandaka, s'approcha de l'agonisant. Le prince s'agenouilla et prit la main de l'ennemi, plongeant son regard profondément dans ses yeux embués par la souffrance et déjà tournés vers l'autre monde. Le mourant sentit la présence de Siddharta et tout son être se tendit vers celui qui assistait à ses derniers moments, ses yeux demandant grâce, priant pour que se termine sa souffrance insupportable.

Siddharta était bouleversé par le spectacle de la mort et, au moment où l'âme du soldat quittait son corps, il lui sembla que souffrance, douleur et vulnérabilité de l'homme étaient des entités palpables qui tourbillonnaient autour de lui. Cette brève agonie, les cris des nouveau-nés promis à la mort, ceux de leurs mères, le besoin désespéré de pitié, d'amour, de compréhension, tout cela se mêlait en lui. Des larmes coulèrent de ses yeux, tandis qu'il était submergé par un sentiment de compassion envers ces souffrances confondues en la douleur universelle.

Finalement, le prince se remit sur ses pieds, l'âme en feu, et marcha vers Chandaka qui gardait la tête baissée, le pressa d'un geste et sauta à cheval. Ils gravirent la colline pour rejoindre Ananda.

Les trois jeunes gens contemplèrent encore un moment leur pays ravagé, dans un silence que Siddharta rompit le premier. Sa voix était cassée : « Il y a quelque chose de faux dans la nature humaine ; nous devons apprendre la compassion pour nous sauver. » Les mots étaient impuissants à exprimer la tempête qui l'agitait : les hommes étaient fous et inconstants. Pourtant, une compréhension profonde de ce qu'était l'homme était en train d'éclore en son cœur. Tous les sentiments extrêmes, colère, haine, passion, il le réalisait, menaient nécessairement à la destruction. Il devait exister un voie médiane : celle de la compassion, un sentiment que chacun pouvait éprouver. On ne pouvait forcer l'amour, mais il devait être possible que tous les cœurs atteignent la compassion.

Ananda faisait de son mieux pour comprendre ce que disait son ami. À la fin, il demanda, soupçonneux, en regardant son visage blême : « Tu ne penserais pas à épargner les Kosalas ? »

Il y eut un nouveau silence. Siddharta était perdu très loin de là. Quand il s'éveilla de ses pensées, il fit tourner bride à son cheval et appela ses amis : « Venez. Il est temps de retourner. »

Lorsque Siddharta, Ananda et Chandaka arrivèrent au camp, de mauvaises nouvelles les attendaient. Il était confirmé que Virudaka avait mis à sac Kapilavastu, la capitale ; presque tous les hommes valides avaient péri en défendant leur ville. Le messager qui apportait ces informations était encore sous le choc. Son rapport était précis. Après le carnage, rapporta-t-il, étaient venus le pillage et le viol. Les Kosalas et leurs alliés n'avaient laissé qu'horreur, malheur et cendres. Ils avaient exterminé les Shakyas par familles entières, n'épargnant ni les enfants, ni les vieillards, pas même les bébés au berceau. Pour humilier ses ennemis jusqu'au bout, Virudaka avait laissé la vie à Yasodhara et au roi ainsi qu'à une poignée de dignitaires et de serviteurs ; il les avait emprisonnés au palais et les traitait comme des criminels de droit commun. Pour montrer le peu de valeur qu'il leur attribuait et son mépris, Virudaka n'avait laissé que très peu d'hommes pour défendre la place. Il avait d'abord pensé attendre Siddharta et ses compagnons, les capturer et se débarrasser enfin d'eux. C'est alors qu'il avait appris le pacte conclu entre le roi du Magadha et le Shakya.

Le soleil se leva sur un paysage superbe, mais tout ce dont les Shakyas étaient conscients, c'était de l'odeur de pourriture. Siddharta semblait sortir de ce monde et y revenir, comme un poisson entre deux courants. Quand Ananda tentait de lui parler, il le regardait comme si son regard pénétrait la quintessence des pensées et émotions de son ami d'enfance, mais il ne lui répondait pas un mot, il disparaissait, le fuyant dans d'insondables pensées ; puis soudain il revenait à lui et se lançait dans des propos sans rapport avec la question, mais qui tournaient toujours autour des thèmes du pourquoi, du comment, de la prédestination. Pourquoi entreprendre quoi que ce soit si cette horreur et cette douleur faisaient partie d'un destin inéluctable. Siddharta parlait constamment de la loi de causalité du karma et ramenait sans cesse Ananda vers ce sujet. Ce dernier avait l'impression d'être entouré par une brume qui émoussait sa douleur. Chandaka était dans le même état, s'asseyant, observant, perdu en lui-même. Mais Siddharta était plus loin que jamais et, dans son for intérieur, Ananda le soupçonnait d'être sur le fil qui sépare folie et santé ; dans tous les cas, quelque chose avait définitivement changé en lui.

L'armée magadhienne, commandée par Siddharta et ses deux compagnons, atteignit bientôt la capitale : la cité était vide, désertée, et des cadavres de soldats des deux armées et de civils étaient restés là où ils étaient tombés. Il n'y avait d'autre bruit que le cri des bandes de corbeaux sur les rebords des toits. Les troupes laissées par Virudaka n'opposèrent aucune résistance et les nouveaux vainqueurs parvinrent aux portes du palais, arrachées de leurs gonds. À l'intérieur il n'y avait personne, sinon une ultime garde kosala qui déposa les armes et demanda grâce, sachant que personne ne tuerait des soldats désarmés.

Les pas de Siddharta et des siens résonnaient sur le sol des couloirs qui avaient autrefois retenti de leurs rires. Dans la salle principale, tout ce qui pouvait être détruit l'avait été et tout ce qui pouvait s'emporter avait été dérobé. Coussins éventrés et tapis lacérés, œuvres d'art piétinées. Siddharta s'arrêta et ordonna à chacun d'attendre, à l'exception d'Ananda et de Chandaka qui le suivirent. Les trois amis continuèrent à travers les chambres ravagées jusqu'aux pièces de dévotion, où certainement quelques survivants seraient en train de prier.

De fait, Asvapati, enroulé dans sa dhoti blanche immaculée, les cheveux parfaitement noués, agenouillé, priait en silence devant le foyer. Sur l'autel, Agni aux deux têtes, seigneur du sacrifice du feu, semblait puissant, mais Siddharta songeait que même les dieux étaient soumis à la prédestination. Asvapati ne sentit pas la présence des trois hommes, il ouvrit le shraddah du sacrifice et en sortit l'herbe sacrée kusa, qu'il répandit devant l'autel. Présentant les gâteaux de riz, conformément au rituel, il s'adressa au dieu : « J'invoque les âmes de ceux qui sont nés dans cette maison et qui sont morts dans la douleur. J'offre ces gâteaux pour les esprits qui sont soumis aux tortures des renaissances les plus basses et à la douleur du Kumbhipaka. Viens à nous, ô Agni, accepte nos offrandes. »

Asvapati s'interrompit en réalisant qu'il n'était pas seul, et sa joie soudaine de revoir Siddharta se mêla à sa douleur.

« Quel miracle que tu sois là, Siddharta.

– Où est mon père ?

– Il a été blessé dans la bataille, mais il va mieux. Ta présence est tout ce dont il a besoin.

– Yasodhara ? »

Le brahmane détourna les yeux, ce qui suffit à Siddharta.

« Attends ici », dit-il. Et il sortit en courant.

Réunies dans les appartements de Yasodhara, les guérisseuses expertes en plantes médicinales déployaient toutes leur science. L'accouchement était proche et se présentait mal. Dans la chambre voisine, le foyer déversait des nuages de fumée. On préparait de puissants breuvages pour la princesse et les vieilles femmes se penchaient sur elle jusqu'à l'étouffer. Elle était couchée sur un banc de bois, on essayait de faire couler entre ses lèvres craquelées un peu de potion. Et, à intervalles réguliers, une femme essuyait le front de la malade avec un linge humide qu'elle rafraîchissait dans une cruche d'eau froide.

Siddharta entra doucement pour n'effrayer personne. Voyant sa femme qui cherchait sa respiration et transpirait, il s'agenouilla et prit ses mains couleur de cire entre les siennes qui étaient chaudes et vivantes.

Les yeux de la princesse s'ouvrirent : « Tu as tenu ta promesse. Ton enfant n'a pas encore versé ses premières larmes. »

Son souffle faible déchirait le cœur de Siddharta qui lui embrassait sans cesse les mains.

Les larmes de Yasodhara coulèrent doucement. « Tu m'as manqué, Siddharta. Tant manqué. J'avais tellement peur. »

La voix était si faible que Siddharta devait se pencher pour l'entendre. « J'étais un aigle sans ailes, murmura-t-elle. Maintenant que tu es là, je sens la vie revenir. J'avais tant besoin de toi. » Elle sourit fébrilement, mais cela ne trompa pas Siddharta qui pouvait deviner combien l'accouchement était pénible et dans quel état de faiblesse était la mère.

« Yasodhara ! » s'écria-t-il, pris de panique ; les yeux de sa femme l'imploraient de la prendre dans ses bras. Il obéit, terrassé.

Soudain, le corps de la jeune femme se contracta en un spasme de douleur. Les sages-femmes l'obligèrent à absorber un peu plus de liquide fumant, tandis qu'elle se débattait pour surmonter une contraction.

Pour la première fois de sa vie, Siddharta était totalement sans ressources, perdu.

Respirant profondément, Yasodhara serra la main de son mari, attendant le prochain spasme. Quand il se produisit, elle ramena sa main tremblante sur son ventre pour le caresser.

« Il sait que tu es là, dit-elle tendrement. Il est impatient de te rencontrer. Je lui ai tant parlé de toi. Je n'ai pensé qu'à toi. »

Épuisée par l'épreuve, elle ferma les yeux un instant pour se préparer à la prochaine attaque, et en effet une douleur la poignarda, lui arrachant un râle. La plus âgée des femmes toucha le bras de Siddharta, le pressant de les laisser. Hésitant, indécis, il finit par faire demi-tour et se précipita en larmes hors de la pièce. Il courut à travers les couloirs jusqu'aux appartements de son père et y fit irruption. À son soulagement, il trouva le roi assis les jambes croisées sur le tapis, apparemment remis quoique toujours faible. Il attendait patiemment qu'Asvapati vienne lui apporter des nouvelles. Les mois passés avaient profondément marqué son visage. Sa barbe taillée court était devenue blanche et des rides sillonnaient son front. Ses yeux habituellement souriants étaient cernés de noir, mais son visage fut envahi de joie lorsque son fils se précipita dans ses bras.

« Mon pauvre enfant, il n'y a que de la désolation dans notre royaume. As-tu vu ton épouse ? Son courage... »

Siddharta interrompit son père, fuyant cette évocation. Mieux valait annoncer tout de suite les bonnes nouvelles.

Malgré ses protestations, il le traîna vers les étables désertes où il ne restait que Kantaka et quelques chevaux, dans l'immense espace qui était autrefois les écuries royales. En chemin ils croisèrent Asvapati et Siddharta lui demanda de les accompagner. Il envoya Ananda et Chandaka vers ce qui avait été le quartier des femmes pour prendre soin de Yasodhara et l'avertir de tout ce qui pouvait arriver.

Siddharta, Suddhodana et Asvapati chevauchèrent à travers la cité vide et ses alentours, vers les collines. Suddodhana était écrasé, las de se battre, las de vivre. Il avait du mal à se souvenir du temps pourtant si proche où il pouvait visiter son royaume accompagné de sa cour joyeuse. Maintenant ses pensées étaient amères, partagées entre tristesse et colère.

« Le frère de Yasodhara, explosa-t-il. Ce serpent ! Il lui a tout pris. Ses parents, il les a tués. Il a rompu ses liens avec son propre peuple. Qu'elle soit reine, même cela il l'a empêché. Il a massacré la presque totalité de notre peuple. Quel bâtard ! »

Siddharta gardait le silence. Désormais, il ne parlait plus guère ; il semblait être devenu son propre fantôme.

166

«Ne le hais point, père, répondit finalement le prince. Tout reviendra. Je ne te demande que de me suivre.»

Suddodhana savait ce qu'endurait son fils et devinait qu'aujourd'hui il ne lui ouvrirait pas son cœur. Ils parvinrent au sommet des collines : devant eux, sur le sol des Shakyas, se dressait l'immense camp de l'armée magadhienne. Le visage du roi changea de couleur et son esprit chancela. Au lieu d'expliquer, le prince sourit tristement pour la première fois depuis le départ et entraîna son père et le brahmane. L'étonnement de Suddodhana augmentait au fur et mesure qu'ils parcouraient le camp : une mer de tentes, de chevaux et de soldats, dont chacun s'inclinait devant Siddharta.

Arrivés à la tente principale, ils y pénétrèrent tandis que les gardes les saluaient très bas. À l'intérieur, devant une table, se tenait un homme de grande taille à l'air grave qui manœuvrait des figurines représentant des troupes. Le commandant de cette armée, pensa Suddodhana. Et l'homme aussi s'inclina devant son fils.

«Prince, dit le général en abandonnant les figurines.

– Général, voici mon père, le roi des Shakyas.

– Sire.»

Le général se courba avec respect.

«Que faites-vous et qu'est-ce que tout cela? demanda Suddodhana.

– L'attaque des Kosalas contre notre royaume a été une révélation pour le roi du Magadha, dit Siddharta à la place du général. Le nouveau roi du Kosala a montré ce qu'il était : fourbe et sans scrupules. Aussi le roi Bimbisara a-t-il conclu que la meilleure solution pour organiser le commerce sur la route du Nord est la suivante : je vais reconquérir notre pays et châtier nos voisins avec l'aide de l'armée magadhienne ; en échange, nous serons alliés dans la paix et laisserons libre passage aux caravanes.»

Suddodhana accablé avait du mal à supporter ces bonnes nouvelles après tant de désastres. Pris de faiblesse, il s'assit et se prit la tête dans les mains.

«Je crois que le prince est en train de nous dire que les troupes sont sous son commandement, dit Asvapati, encore incrédule.

– Oui et prêtes à partir en campagne aux premières lueurs de l'aube», ajouta Siddharta.

Suddodhana sentit monter en lui un rire sonore auquel il ne résista pas, rugissant de joie au point de perturber le très calme général.

«Tout va-t-il bien, seigneur?» s'enquit-il.

Avec une exubérance surprenante, le roi prit le général dans ses bras; sa joie était si difficile à exprimer après tant de désastres que ses larmes se mélangeaient à son rire.

«Oui, général. Tout va parfaitement bien.»

Les trois hommes s'assirent sur les tapis. Après que le général et les Shakyas eurent fini de confronter leurs points de vue, le roi Suddodhana se leva et annonça son désir de rentrer au palais. Il avait besoin d'être seul.

Asvapati, qui repartait avec son maître, était perdu dans ses pensées, réfléchissant aux derniers événements avec son habituel détachement. Le roi passé si vite de la prostration à une joie extrême lui semblait maintenant trop confiant.

«Arrête de ruminer comme une vache, brahmane. Tout est parfaitement clair pour moi, l'apostropha le roi.

– Sire?

– La prophétie d'Ajita. C'est à cela que tu penses?»

Asvapati arrêta son cheval et, ne désirant pas répondre, attendit que le roi poursuive s'il le désirait.

«Son choix est clair.» La voix de Suddhodana était redevenue ferme.

Obligé de prendre parti, le brahmane resta aussi évasif que possible: «Les choses se produisent quand elles le doivent. Et un homme sage ne se laisse jamais aveugler par l'évidence, sire.

– Brahmane, ne te répète pas», lui reprocha le roi en faisant la moue. Au plus profond de son être, il refusait d'avouer sa crainte qu'Asvapati n'ait raison. Son brahmane était un homme au jugement très sûr, et cela augmentait les inquiétudes du roi qui, irrité, éperonna son cheval et galopa jusqu'au palais, laissant Asvapati derrière lui.

Le choix

Tous les préparatifs pour la campagne à venir étaient bien avancés. Le soir tombait : Siddharta, dans son armure, parcourait le camp en ébullition, adressant ici ou là une remarque personnelle à un soldat. Les hommes étaient actifs. Les forgerons finissaient la révision des chars de combat et réparaient les dommages causés par le voyage. Les cavaliers examinaient et soignaient les pieds de leurs montures. Le plus pressant était le choix définitif d'une stratégie. Le général et Siddharta se réunirent pour évoquer une nouvelle fois toutes les éventualités. Au début, admiratif devant la façon dont le général concevait ses manœuvres, prévoyait toutes les réactions de l'ennemi, Siddharta se révéla capable de se mettre à la place de l'adversaire, il était inventif et précis.

Une dépêche confirmait qu'au Kosala Virudaka avait de nouveau rassemblé ses troupes et celles de ses alliés, qu'il se trouvait à la tête d'une armée plus importante encore que celle qui avait ravagé le pays des Shakyas.

La nuit était tombée sur le camp et, sous la tente des chefs, les stratèges étaient assis autour d'une table basse, mais aucun ne touchait à la nourriture devant eux. Ananda fit irruption sous la tente, criant : «Siddharta, Siddharta, viens immédiatement. Ton enfant est sur le point de naître.» Siddharta pâlit et sauta sur ses pieds, s'excusant auprès de ses compagnons. Suivi d'Ananda, il bondit sur le premier cheval disponible et ils galopèrent à bride abattue jusqu'au palais. Le prince avait la gorge nouée.

La délivrance de Yasodhara était venue à bout de ses dernières forces. Ses cheveux trempés de transpiration collaient à son crâne. Elle était toujours entourée par les guérisseuses qui étaient épouvantées en reconnaissant certains signes sur son visage. Il ressemblait autrefois à une pêche de printemps, mais il était maintenant gagné par le masque de la mort. La lumière des chandelles rendait plus cruelles encore les ombres qui entouraient les rides profondes que la douleur avait creusées dans ce visage délicat. Une fois encore, elle hurla au moment où son corps épuisé se contractait. Elle se plia, cramponnant son ventre, tremblant de peur et d'épuisement. Quelque chose explosa au plus profond d'elle-même et un flux coula entre ses jambes, souillant son lit d'eau et de sang. Elle chercha son souffle, les mains cramponnées aux bois du lit. «Pousse, pousse maintenant», ordonna la sage-femme.

Le regard de la princesse ne quittait pas les guérisseuses. Elle cria encore une fois en un dernier effort et finalement une des vieilles femmes triomphantes tira l'enfant.

«C'est un garçon.»

La voix de la sage-femme était pleine d'admiration. Elle donna les premiers soins au bébé et l'enveloppa dans un linge avec la sûreté de geste que lui donnaient des années d'expérience. Elle posa délicatement le petit corps rose près de la mère pour que celle-ci puisse voir son enfant. Le visage de Yasodhara reprit vie un instant, et ses yeux brillèrent d'amour et de tendresse pour le petit. Puis, soupirant, elle retomba sur son matelas presque sans vie.

Le prince se précipita aux côtés de sa femme, repoussant les guérisseuses. Une plainte lui échappa quand il vit la princesse immobile et livide. La sage-femme s'avança pour lui montrer le nouveau-né resplendissant de santé.

«Un garçon, siffla Yasodhara, s'essayant à un malheureux sourire, et ce sera un grand homme, comme son père.»

Siddharta pouvait à peine entendre, il tenait sa main aussi fort qu'il osait. «Je t'aime, tu es le complément de ma vie. Ne me laisse pas.»

Siddharta suppliait les dents serrées, mobilisant toute sa volonté pour retenir ses larmes.

Je ne te laisserai jamais, mon amour, disaient les yeux de la mourante, maintenant je suis à toi pour l'éternité.

«Comme l'ombre suit l'être, tu me suivras partout, murmurèrent les lèvres de Yasodhara pendant qu'elle se sentait entraînée.

– Pour te chérir dans la joie et dans la peine et... »

Incapable de se contrôler, Siddharta commença à pleurer.

«Et jusque dans la mort tu tiendras ma main. »

En prononçant ces derniers mots, Yasodhara avait souri et ses yeux brillaient pour Siddharta en un dernier adieu. Soulagée, son âme la quitta pour les régions mystérieuses d'une prochaine vie. Son corps autrefois doux et fait pour l'amour était maintenant blanc comme le marbre.

Siddharta ferma les yeux, tandis que son esprit refusait la réalité avec véhémence : il n'y aurait plus jamais personne pour tout partager avec lui.

Par respect pour la douleur du prince, les femmes s'étaient retirées silencieusement dans le coin le plus sombre de la pièce. Les chandelles se consumèrent l'une après l'autre sans qu'il manifeste la moindre intention de bouger. Les vieilles femmes finirent par se retirer après avoir lavé et habillé le corps en prévision des funérailles.

Siddharta regardait dans le vide, toujours figé comme une statue. La morte fut enveloppée dans un vêtement rouge, ce rouge qu'elle avait choisi comme couleur afin d'imiter Siddharta et qui, maintenant, faisait contraste avec son teint de cire. Les femmes croisèrent ses bras amaigris sur sa poitrine et placèrent un fin bijou autour de son cou. Même dans la mort, son visage parlait de la vie et évoquait la tendresse. Autour de son corps, les femmes répandirent des fleurs sauvages cramoisies.

Debout à la porte de la chambre mortuaire, Ananda attendit aussi longtemps qu'il put. Qui aurait le cœur assez dur pour refuser à son meilleur ami le temps de célébrer les funérailles de sa femme ? Mais finalement il se décida, se glissa sans bruit et posa la main sur l'épaule de Siddharta.

«Siddharta, ton armée va lever le camp. Les hommes sont prêts à partir. »

Ces paroles résonnèrent dans la tête du prince qui se mit péniblement debout.

«Mon ami, dit-il, je dois rester seul encore un moment. Je vous rejoindrai plus tard.»

Ananda recula en voyant l'expression de son ami, hocha la tête et, silencieusement, lui accorda ce sursis.

Siddharta se précipita jusqu'aux écuries. Il ne restait personne pour allumer les chandelles et ses yeux étaient comme ceux d'un somnambule.

Il monta son cheval et quitta le palais. En quête d'un remède capable d'apaiser sa peine, il se dirigea vers l'ancienne citadelle de Mahabali, là où il avait tant appris. La façon de penser hétérodoxe de son vieux maître, maintenant disparu depuis plusieurs années, son scepticisme avaient ouvert tant de portes à l'imagination de Siddharta et en avaient fermé tant d'autres, en lui interdisant les sécurités trompeuses auxquelles se raccrochaient les autres.

La citadelle n'avait pas changé et le vent soufflait toujours à travers les ruines impressionnantes. Siddharta s'avança lentement vers l'immense pyramide et contempla la vieille machinerie : la maquette de l'Univers avait été oubliée pendant des années et les rouages qui l'animaient étaient maintenant rouillés.

Siddharta commença à grimper le grand escalier qui avait perdu bien des marches et, habité d'une immense nostalgie, pénétra dans les pièces où vivait autrefois Mahabali. Comme un tigre sentant sa proie, Siddharta allait et venait dans ces pièces maintenant envahies par la végétation. Il s'arrêta dans ce qui était la chambre du sage, regardant alentour, ses pensées perdues dans le passé. Il retrouva la vieille burette à huile qu'il secoua : elle était complètement vide.

Il se souvint : il avait une quinzaine d'années lorsqu'un jour il avait vu l'ermite au sommet de la pyramide, en train de s'escrimer avec la machinerie compliquée.

«Siddharta, lui avait demandé Mahabali. Apporte-moi la burette d'huile.

– Comment sais-tu ?

– Savoir quoi, petit homme ?

– Que l'Univers ne s'arrête jamais pour être réparé !

– Arrêté ? Il est impossible qu'il s'arrête ! Tout est en relation avec tout. Regarde. Que se passe-t-il ici ?» Pour mieux se faire comprendre, le vieil homme lui avait montré un point sur la surface rouillée du Monde avec son maillet. «Si je touche ici...», puis il désigna un des corps célestes. «Et ce qui bouge sous ceci...», il heurta brutalement un des cercles concentriques. «Eh bien, cela grince à cause de ceci. Pour chaque effet il y a une cause reconnaissable, et pour chaque cause un effet qui en est la conséquence. Ainsi va l'Univers, clair et simple ! Il lui suffit de se perpétuer !

– Rien n'est laissé au hasard ?

– Damnée affaire que le hasard !

– Mais comment puis-je être responsable de mes actions si je n'ai pas le choix et si tout est prédéterminé ?

- Mais tu l'as, en un sens. Nous sommes tous les créateurs de notre propre réalité et les victimes de la création. Je vais te montrer. Tu as grandi et bientôt tu seras un beau jeune homme ; il te faudra choisir ton chemin. Moi, j'ai vécu seul, sans épouse, sans enfant : je me suis consacré à la science. J'ai accumulé un grand héritage, mais il n'ira à personne de mon sang. Mon cœur sera en paix si tu poursuis mon travail. Regarde ces tablettes.»

Mahabali avait pris trois petites tablettes qui représentaient respectivement Brahma le Créateur, Vishnou le Conservateur et Shiva le Destructeur.

«Choisis-en une, n'importe laquelle.»

Siddharta entendait encore la voix de son maître amplifiée par l'écho contre les murs de pierre, et le revoyait quand, une dizaine d'années plus tôt, il lui présentait les trois tablettes et commentait :

«Tu es parfaitement libre de choisir celle que tu veux ! Pourtant, il faut que je t'avertisse que je connais déjà ton choix. Je te le prouverai tout à l'heure après que tu m'auras désigné le dieu pour lequel tu t'es décidé !

– Voilà, je choisis Shiva. Et maintenant où est ta preuve ?

– Regarde derrière cette porte, petit», avait dit Mahabali en désignant celle qui fermait une cavité du mur. Et, de fait, Siddharta avait trouvé à l'endroit indiqué une minuscule représentation du dieu de la Mort.

«Comment as-tu fait, Mahabali ?

– Qu'est-ce qui est intervenu le premier, ton choix ou le mien ?

– S'il te plaît, refaisons-le.

– Très bien, mais je dois t'avertir qu'il y a une ruse.

– Je le savais !

– Si tu veux saisir la ruse, il faut tout refaire comme si c'était la première fois.»

Ils recommencèrent et, cette fois, Siddharta prit Brahma le Créateur.

«Cette fois regarde la porte qui est à l'autre bout de la pièce, là, sous cette chandelle.»

Comme le prince s'y attendait, il trouva à l'endroit indiqué un statuette du dieu ; mais maintenant il avait compris.

«Tu as triché, Mahabali ! Il y a trois tablettes, trois niches et trois figurines !

– Il en va de même avec Brahma. Tu es libre aussi longtemps que tu joues la partie, une seule vie à la fois.

– Mais notre brahmane dit que tout n'est que rêve.

– C'est ce que disent les rêveurs. Et les physiciens et les alchimistes disent que tout est matière ou chimie. Chacun dit que quelque chose est quelque chose, et il emploie le mot qu'il comprend le mieux. Voilà la véritable ruse.

– Mais Asvapati dit bien que tout est illusion.

– Illusion ! Tu as vraiment le tempérament de ton père. Si j'étais aussi riche que le grand prêtre, moi aussi je n'aurais pas de mal à dire que tout est illusion.

– Et si j'avais refusé de choisir une tablette ?

– C'est la tablette qui t'aurait choisi !

– Et si je ne joue pas à ce jeu.

– Mais nous ne pouvons pas ne pas jouer. Le jeu se poursuit même si tu ne sais pas que tu joues.

– D'accord, mais je ne jouerai pas suivant ces règles.» Aujourd'hui, il savait que Mahabali ne jouerait plus jamais au jeu des figurines, mais lui, Siddharta, avait maintenant besoin de répondre à ces questions posées dix ans plus tôt.

«Et maintenant, maître, qui huilera les mécanismes de l'Univers?» dit-il à voix haute.

Et Siddharta repartit; il devait maintenant rejoindre le palais.

La nuit les entourait. C'était le moment de la crémation, conformément aux rites des brahmanes. Le roi Suddodhana regardait le bûcher funéraire : une pyramide de bois sec et de branchages avait été dressée au milieu de la cour principale par quelques soldats magadhiens. Sur son brancard, le corps de Yasodhara, les yeux clos, superbe dans sa dhoti rouge, le visage pâle mais apaisé. Ananda et Chandaka se tenaient près des grandes torches piquées dans le sol et qui formaient un cercle autour du bûcher. De lourds nuages obscurcissaient le ciel.

Siddharta, comme sans vie, était debout près de son père.

Solennel, Asvapati alluma le bûcher, murmurant les paroles consacrées qui parlaient de la transmigration des âmes. Le feu se propagea à une vitesse effrayante : les flammes montèrent haut et léchèrent vite le corps.

Le bûcher funèbre! Le roi se souvenait du jour où le corps qui se consumait était celui de son épouse Maya, la mère de Siddharta. Il se souvenait de ce qu'il avait souffert en voyant ce corps, qu'il avait tenu dans ses bras et caressé si souvent, noircir et craquer sous les flammes. Le corps n'était qu'une enveloppe, mais qui pouvait supporter l'horreur de la crémation?

Le feu montait de plus en plus haut, rouge, orange, jaune, brûlant les vêtements, dévorant le bois, grillant les chairs. Comme une branche craquait et que la fumée s'échappait des flammes, montant noire et épaisse, l'odeur devint nauséabonde, les saisissant tous à la gorge. Les bruits, les odeurs et les visions se gravaient profondément en chacun. Le corps magnifique remuait en brûlant, s'arc-boutant comme sous l'effet de la volupté, les flammes pénétrant les membres, consumant tout jusqu'à ce qu'il ne reste que quelques os. Marchant en cercles lents autour du bûcher, les servantes de Yasodhara et les guérisseuses qui avaient revêtu le blanc du deuil jetaient sur le brasier des brassées de fleurs rouges. Celles-ci éclataient avant de se consumer aussi vite que la vie dévorée par la passion. Le bruit aigu des lamentations des femmes renforçait encore l'horreur de la scène.

Siddharta regardait l'incinération avec le même sentiment mêlé de terreur et de désir que Suddodhana se souvenait d'avoir éprouvé. Il fallait tant de temps pour réduire un corps en cendres.

La cérémonie s'acheva lorsqu'il ne resta plus rien, si ce n'est un monticule de cendres et de braises. Siddharta interpella son père :

« Père, je dois te parler ! S'il te plaît, quittons cet endroit et allons à la tour de garde. »

En silence, père et fils quittèrent la cour. Ce devait être une affaire de la plus grande importance : durant toute son enfance, et même lorsqu'il était adulte, lorsque Siddharta avait besoin d'ouvrir son cœur, de résoudre une question vitale, c'est là qu'ils s'isolaient. Au début, Suddodhana s'amusait de ce petit rituel : il avait souri le jour où Siddharta, aussi sérieux qu'un juge, lui avait demandé de proclamer une loi interdisant la chasse ; il avait neuf ans. Puis, au fil des années, les questions qui les réunissaient étaient devenues bien plus graves. Et aujourd'hui le cœur du roi se brisait, car il devinait ce que son fils allait lui dire.

Ils grimpèrent l'escalier, allant doucement la tête penchée, pareillement perdus dans leurs pensées. Les nuages se dispersaient, le globe scintillant de la lune et les étoiles semblaient à portée de main. Mais les deux hommes continuaient à fixer le sol.

« Tu dois donner un nom à ton fils.

– Appelons-le Rahula.

– Mais, Siddharta, cela signifie obstacle, ce qui retient... » Le roi se retourna vers son fils, ce n'était plus un jeune homme qu'il voyait. Le cœur lui manqua en constatant combien il avait l'air de porter le monde sur ses épaules. « Rien de tout cela n'a d'importance, père. La vie, le pouvoir, la guerre... il n'y a aucun espoir à continuer ainsi. C'est à toi de commander l'armée du Magadha. Siddharta leva la tête pour regarder les étoiles. Il y a longtemps que j'ai abandonné », ajouta-t-il, lointain.

Le roi réalisait que ce à quoi il s'était toujours attendu était en train de se produire. La ride qui avait barré son front toute la nuit disparut. Il était face à la vérité. Les choses devaient suivre leur cours.

Siddharta fut légèrement surpris par le regard profond de son père. Ils continuèrent à marcher en rond.

« Nous traversons tous des moments de chagrin et de désespoir, dit Suddodhana. Maintenant elle est affranchie de cette vie, et son esprit libéré s'élève comme un aigle. Elle est promise à un meilleur karma et à une existence plus resplendissante encore, le temps vient à bout de toutes les douleurs. (Un semblant de supplication marqua la voix du roi :) Attends un peu. Je veux essayer de te rendre heureux. Je te donnerai tout ce que je pourrai. » Siddharta secoua la tête et se força à parler, essayant d'adoucir le coup qu'il allait devoir infliger à son père : « Père, les choses que je désire, tu n'as pas le pouvoir de me les donner. Je dois trouver la solution aux souffrances, sortir de cette prison sans fin... »

Suddhodana se demandait depuis le début s'il n'avait pas poussé son fils sur le mauvais chemin. En tant que roi, ses décisions avaient toujours été guidées par d'autres priorités. Étaient-ce des illusions ? Vaincu, Suddodhana sentit qu'il n'était que le maillon d'une chaîne. Ils tournaient autour de la statue de Brahma qui regardait vers le nord, vers l'Himalaya, la maison des dieux.

Les dieux eux-mêmes n'étaient que des maillons de cette même chaîne, simplement plus importants. Suddodhana regarda : il aurait juré que Brahma lui avait souri.

Les deux hommes firent halte devant la statue, le fils regardant le père avec plus d'amour. Il prit un rouleau et le donna à son père.

Se redressant, retrouvant toute son ancienne dignité royale, Suddodhana regarda son fils, une nouvelle lueur dans les yeux : « Finalement, tu seras le Bouddha. »

De nouveau le visage et les manières de Siddharta s'animaient. Une digue s'était rompue, et nul n'aurait pu dire ce qui allait se produire désormais. Il voulait quitter le palais pour chercher une solution une fois pour toutes, et pour atteindre le nirvana.

Les coqs chantèrent. Ananda, qui n'avait pas dormi un instant, était penché à sa fenêtre pour voir une dernière fois son compagnon d'enfance, l'homme des perpétuelles mutations.

Les nuages se dispersèrent, révélant un ciel lumineux, et les quelques habitants qui restaient au palais étaient profondément endormis, tout à leurs rêves. La cour était couverte des cendres du bûcher funéraire et l'odeur subsistait dans l'air du matin.

Chandaka – qui savait être là où il fallait, destiné perpétuellement à ouvrir les portes et à accompagner les premiers pas – et Siddharta sortaient des écuries sur leurs chevaux. Ananda les regarda passer les portes de la ville d'un pas tranquille. La brume du matin les enrobait comme un nuage magique. Le cœur d'Ananda battait fort, il savait que l'enjeu était sans précédent.

Laissant la cité derrière eux, Siddharta et son compagnon chevauchèrent à travers la verte vallée, sans un mot. Ils allèrent jusqu'au pied de la plus proche montagne d'où descendaient des torrents.

Des hauteurs vertigineuses s'étendaient devant eux. Siddharta s'arrêta et descendit de cheval. Il alla à la tête de l'animal et lui entoura le cou. Les doux yeux de Kantaka le regardaient avec un instinct infaillible. La confiance partagée, l'harmonie qui s'était établie entre eux, tout cela rendait la séparation difficile, et Kantaka ne comprenait pas pourquoi son maître l'abandonnait. Siddharta se dépouilla de ses bijoux et de ses vêtements. Chandaka et lui se regardèrent, mais ils n'avaient pas besoin de parler. Une fois nu, à l'exception d'un simple pagne, Siddharta confia tout ce qu'il possédait à son ami sauf son poignard. « Prends tout cela, je n'en ai plus besoin », dit-il, calme et résolu. Chandaka obéit. Siddharta se tourna face à la montagne, les yeux aussi clairs que le ciel qui les surplombait. Saisissant son poignard affûté, il trancha ses longs cheveux qui tombèrent au sol. Kantaka, perturbé par le comportement de plus en plus étrange de son maître, frappa le sol et hennit doucement. Ceci accompli, Siddharta tendit le poignard à Chandaka avant de caresser une dernière fois les naseaux du cheval et d'évoquer en un ultime souvenir le courage de l'animal dans les batailles, la façon dont il faisait confiance à son maître pour le préserver de tout mal.

« Il sait que je dois le laisser. » La voix de Siddharta tremblait, trahissant son cœur lourd. Il regarda l'ami d'enfance : il avait toujours été et serait toujours là pour lui. L'homme qui l'avait entraîné à la taverne, l'homme qui par amour pour lui avait bravé la colère du roi et l'avait emmené voir sa nourrice. Ces souvenirs amenèrent un sourire sur le visage de Siddharta, dont les yeux brillèrent de joie à l'évocation du passé.

« Maintenant, partez », ordonna-t-il.

Sachant que tout cela avait été décidé par Siddharta et peut-être prémédité par des puissances qui les dépassaient, Chandaka rendit son regard à son maître et s'inclina profondément, paumes jointes devant le front. Le compagnon d'enfance était désormais hors de portée. Quand Siddharta reviendrait, ce qu'il ferait un jour, il serait un être totalement différent.

Vers le but suprême

Siddharta marchait sans cesse, ses pieds nus sentant l'humidité de la rosée du matin dans l'herbe. Les heures passaient, les jours se succédaient. Il traversa un monde mort et inamical. Les collines de terre rouge couraient jusqu'à l'horizon, paraissant encore plus rouges au soleil couchant. Le sable chaud lui blessait les pieds, tandis qu'il parcourait un paysage lunaire où presque rien ne poussait. Entre les dunes, il y avait la marque d'un lit de rivière asséchée depuis longtemps, des buissons rabougris y survivaient à peine.

Le désert prit fin. Progressivement, la pente se fit plus abrupte et s'éleva. Le climat se modifia et devint plus froid. Il marcha bientôt sous des conifères sombres et des pins. Il grimpa toujours, suivi par les oiseaux, avant d'arriver là où il n'y avait plus que de la neige sur le rocher brun.

Les temps changea : il y eut un orage. Le vent collait son fin vêtement à son corps, le griffait, affaiblissant la volonté qui le poussait toujours à avancer, jusqu'à ce que le manque de sommeil et le blizzard le forcent à s'arrêter dans une grotte à l'abri des rochers sur un vaste plateau désertique.

Il se glissa dans ce refuge que lui offrait la Nature et s'effondra, tombant dans le sommeil en dépit de la température glaciale et des cris du vent.

À des lieues de là, seul dans ses appartements pillés et où ne restaient que quelques tapis et un lit, Suddodhana manipulait le rouleau que lui avait laissé son fils. Le soleil brillait sur un nouveau jour et le monarque pensait au futur, s'acceptant lui-même, acceptant la vie, et même toute la désolation qui s'était abattue sur son royaume dévasté.

Il savourait ce moment de répit avant de lire. Le roi était au carrefour de sa vie, et il lui fallait trouver des buts nouveaux car il ne restait rien du passé. D'autre part, la vie continuait et le royaume des Shakyas pouvait retrouver sa grandeur. Il s'agissait maintenant de reprendre la conduite de la guerre, de reconquérir son propre royaume, de châtier les Kosalas pour pouvoir à nouveau vivre paisiblement et attendre des fruits des événements en cours.

Lentement, il défit le rouleau et ses yeux déchiffrèrent avec amour les mots qu'avait tracés son fils : «Père, les saints hommes et leurs saintes pensées ont tout exploré : le passé, la création, les dieux, l'illusion, le pouvoir, le bien et le mal. Mais rien ne sert de savoir tout cela si nous ne possédons pas de réponse aux questions les plus importantes. Pourquoi dois-je souffrir ? Pourquoi les autres souffrent-ils ? Ce n'est pas que je méprise les efforts d'hommes comme ton brahmane. Mais leur lumière est une lumière qui en réfléchit une autre, ce n'est pas la lueur du soleil, et les mots qu'ils prononcent, il les prennent à une autre source. Il doit y avoir quelque chose d'autre et de nouveau, quelque chose qui puisse apporter la paix. Père, tu as toujours su que je partirais un jour. Mais lorsque je reviendrai, je te donnerai un présent bien plus important que d'être ce roi des rois que tu as toujours rêvé de me voir devenir. Je t'offrirai la clef des vrais rapports de l'homme avec la souffrance.»

Siddharta fut réveillé par le froid et le besoin d'avancer qui donnait à ses jambes la force d'escalader le glacier. La luminosité du ciel blessait ses yeux.

La douleur et la faim le tenaillaient. Émacié, sanglant, il continuait à grimper vers le pic de glace. Toujours plus haut, en une progression épuisante, il se hissait, creusant des marches dans la glace avec un caillou et s'agrippant à la paroi. Quand il fut au sommet, il vit autour de lui les cimes glacées de l'Himalaya qui reflétaient la lumière et la blancheur contre le ciel immaculé. Cette pureté à couper le souffle exaltait Siddharta dans son désir de poursuivre la voie. La dernière montagne de cette passe était l'Himavat lui-même, le mont qui dominait les autres, le Titan parmi les géants.

Siddharta continuait en dépit du sang qui coulait des égratignures infligées par la glace coupante comme un rasoir. Atteignant une saillie juste au pied du pic Himavat, il fit halte le corps meurtri par le froid, la fatigue et la faim, les yeux aveugles à force de regarder la neige. Comme il approchait de son but, les neiges tourbillonnantes et les rochers changèrent de forme et se mirent à ressembler à Shiva le Destructeur. Oui, c'était le destructeur cyclique de la Nature qui se manifestait dans l'air glacé, dansant plein de grâce et de beauté, mêlant nuages et neige. Siddharta, fasciné par le rythme, fut surpris de voir le dieu se figer au milieu d'un pas et incliner ses multiples têtes vers lui avant de disparaître. Submergé par la fatigue, il s'appuya contre le rocher, creusant la neige. Il était sur le point de tomber dans le sommeil quand lui apparut la haute silhouette de Brahma pour lui rappeler que les forces des dieux eux-mêmes seraient préservées par la grâce du Bouddha à venir. La joie des dieux résonna comme des cloches d'argent. Elles se mêlèrent au bruit du vent et plongèrent Siddharta dans le plus profond sommeil. Durant la nuit, les dieux emplirent son corps avec la substance de la force et de la survie.

Le jour suivant, Siddharta se remit debout. Il avançait en prenant appui autant dans son esprit que sur la montagne. Faisant appel à ses dernières forces, il continua son ascension et atteignit le sommet de l'Himavat. Pour marquer son triomphe, il fit quelques pas supplémentaires avant de s'évanouir épuisé. Les cieux au-dessus de la montagne sacrée s'emplirent d'une multitude de créatures ailées mi-aigles, mi-hommes, qui montaient et descendaient au-dessus de son corps inanimé : c'étaient des garudas, les envoyés de Vishnou le Conservateur. D'un geste harmonieux, une des créatures plongea vers Siddharta et se posa derrière lui. Le garuda fit un effort pour lever l'homme inconscient, mais ne parvint qu'à le piquer de son bec.

Cette sensation aiguë pénétra la conscience de Siddharta qui leva la tête pour voir la tête emplumée d'un aigle sur son bras. Des yeux jaunes et aigus le regardaient émerveillés. Avec effort, Siddharta se releva péniblement, l'aigle s'envola, planant entre les sommets enneigés.

Siddharta regardait tout autour : une surface solide d'un

blanc éclatant s'étendait devant lui, entourée de ravins et crevasses. Des daims blancs l'observaient timidement de leur cache. Les yeux noirs des chats des montagnes suivaient chacun de ses mouvements. Au centre de la grande plate-forme se dressait un magnifique palais de glace avec de hautes tours pointant vers le soleil et la lune. Siddharta s'en approcha avec une vigueur renouvelée. La construction transparente prit la lumière du soleil et la décomposa en un arc-en-ciel qui forma une voûte unissant le plateau aux portes du palais.

À cet endroit précis se tenait Alarakaluman l'ascète. Le vieil homme était ratatiné, et son visage blanc était fendu par des yeux sombres brillant d'une lumière tout intérieure. Ses pommettes hautes étaient soulignées par ses cheveux blancs relevés en chignon et il portait une longue robe jaune ; tout cela le rendait semblable à une silhouette que Siddharta avait vue il y a très longtemps. Le souvenir de ce visage plat et de ses yeux sembla familier à Siddharta et le renforça dans sa résolution. Les yeux évoquaient ceux du sage Ajita qui l'avaient examiné aux premiers jours de sa vie.

L'ascète, voyant l'état pitoyable de Siddharta, hocha la tête l'air approbateur : il se réjouit, seules l'austérité et les souffrances pouvaient apporter la sagesse et ouvrir la voie du bonheur. Alara recula et regard Siddharta d'un regard tout particulier. Le vieil homme éprouva un sentiment de satisfaction et de plénitude : il y avait si longtemps qu'il avait attendu ce moment : « J'ai la chance d'initier le seigneur de la roue de la Loi », dit-il enfin.

L'enseignement commença. Les deux esprits travaillaient à l'unisson, tandis que Siddharta s'imposait la plus exigeante des disciplines physiques. Les jours et les nuits se succédaient, tandis qu'il pratiquait l'austérité la plus rigoureuse du corps et de l'esprit. Les aliments touchés par l'homme lui étaient interdits : seuls les fruits et les racines apportés par les oiseaux étaient des nourritures adéquates pour le corps de celui qui cherchait le but suprême.

La lune rétrécissait régulièrement. Siddharta s'assit en

position du lotus dans la neige, nuit après nuit en face d'Alara, domptant son corps. Alara lui apprenait la renonciation.

« La vertu vient seulement avec la souffrance, soutenait l'ascète. En pratiquant l'austérité parfaite, tu t'élèveras jusqu'à l'au-delà.

– Mais qu'en sera-t-il de la race humaine ? lui demanda Siddharta

– Malheureusement, la race humaine continuera sa course de misère, de vieillesse, de mort et d'horreur », répliqua l'ascète.

Siddharta ne pouvait pas accepter son invitation à suivre cette voie et rester indifférent aux souffrances continuelles de la naissance et des renaissances qui ne faisaient qu'ajouter à ce qui existait déjà, intolérable et douloureux.

« S'il est pieux de mortifier les chairs, il vient donc à la raison qu'il est impie de faire le contraire : s'accorder le plaisir des sens », persista Alara. N'importe comment, le sacrifice est récompensé par la gratification des sens, par le plaisir, dans une vie future.

– Mais la récompense de la piété est de l'impiété, argumenta Siddharta désemparé. Alara, c'est incompréhensible. Si pour être sanctifié il suffit de se priver, alors les animaux sont tous des saints et également les hommes de basse caste, puisqu'il ne peuvent pas s'accorder de plaisir. Mais si c'est l'intention de la souffrance qui est à mettre à notre crédit, alors l'intention de s'accorder du plaisir doit être mise à notre débit. N'importe comment, l'intention de s'accorder du plaisir n'est pas explicable, alors pourquoi l'intention de s'abstenir serait-elle différente, et serait-elle pire ? »

Les arguments d'Alara ne convainquirent pas le jeune homme ; Siddharta ne se sentait pas achevé, il n'avait donc pas atteint le but. Le savoir du vieillard était comme la belle face d'un diamant, mais cela n'apportait pas à Siddharta de solutions pratiques à ses questions. Penser, se priver, contempler des images grandioses n'expliquait ni ne supprimait les racines de la souffrance.

Le vieil homme ne fut pas surpris d'entendre Siddharta lui annoncer son départ. Il savait depuis toujours que sa fonction était seulement d'initier Siddharta dans sa quête. Il savait depuis toujours que ses connaissances limitées ne seraient qu'une petite participation à l'accomplissement du futur Maître.

Un nouveau chemin était ouvert. Siddharta, sa robe rouge fanée par le soleil, laissa Alara et commença à descendre des montagnes. Dans sa main, il avait le cadeau d'Alara, le traditionnel bol de bois qui servait à mendier utilisé par tous les ascètes. Il était à la recherche d'une réponse, il mendierait maintenant sa nourriture comme ses semblables, elle lui serait offerte par ceux qui voulaient acquérir un meilleur karma par cet acte généreux.

Après une difficile et dangereuse descente, évitant le vide menaçant, Siddharta atteignit le pied de la montagne et poursuivit sa quête à travers plaines et vallées. La mousse du sol soulageait ses pieds douloureux.

Il marcha longuement, découvrant différents villages, différents peuples, différentes races, avec leurs croyances et leurs idées. Partout il posait les mêmes questions qui restaient sans réponse.

Il parvint dans un parc sauvage et rencontra cinq yogis qui le reconnurent et s'inclinèrent devant sa supériorité. Siddharta s'installa parmi eux en pleine forêt. Ensemble, ils cherchèrent la voie du nirvana dans lequel ils ne connaîtraient plus la douleur. Les yogis imitèrent Siddharta : ils méditèrent et jeûnèrent.

Le temps s'écoulait tandis que le corps de Siddharta dépérissait, il n'était plus que peau et os. Les saisons passèrent, mais ses efforts n'aboutissaient toujours pas et ses questions restaient toujours sans réponse. Finalement, devant les yogis horrifiés et incrédules, alors que son corps était complètement vidé de toute nourriture et de toute force, Siddharta proclama que cette méthode ne pouvait être la bonne. Ce n'est pas ainsi qu'il obtiendrait la délivrance : comment la réponse à une simple question pouvait-elle exiger que l'on subisse de telles tortures.

Sa décision prise, Siddharta ouvrit les yeux et contempla la beauté des vertes prairies, des arbres autour de lui, luxuriants et dont les feuilles touchaient le sol en une généreuse abondance. Il contempla le ciel, jouissant du soleil et du chant des oiseaux. Intimidé devant les forces de la Nature, il prit son premier repas : du gruau préparé pour lui par Sujata, une jeune fille qui l'avait observé chaque jour sur le chemin du village, lorsqu'elle allait chercher de l'eau pour les siens et qui avait eu peur pour sa vie. Blasphème ! Parce qu'il avait mangé, il avait succombé. Les yogis le chassèrent et lui dénièrent toute valeur ou autorité, préférant se renfermer en eux-mêmes et persévérer dans leurs privations.

Le voyage de Siddharta continua, à travers les marais infestés par les insectes et les maladies, à travers les plaines, les villages et les campagnes, et partout il rencontrait les mêmes souffrances. Faible et fatigué, il atteignit les sols de roche dorée, où la terre rouge brique brillait au soleil. Des rochers formaient une grotte ; c'est là, disait-on, que vivait Rudraka le yogi. Espérant que ce nouveau maître saurait lui donner ce que les autres n'avaient su faire, Siddharta enleva les lourdes pierres l'une après l'autre et dégagea l'entrée. Il se pencha pour pénétrer par l'étroit passage qui menait à l'obscurité la plus totale.

Tâtonnant dans le tunnel, s'enfonçant profondément dans la terre, Siddharta parvint à une magnifique grotte de stalagmites, éclairée par la luminescence de ses propres parois et qu'habitaient des milliers de vers luisants. Du toit de la grotte pendaient des centaines de chandelles de la même matière, tous les ocres de l'intérieur de la terre brillaient en se réfléchissant dans un calme lac souterrain qui s'étendait largement à la base de la caverne.

Près de l'eau, un vieillard plein de dignité était assis, les jambes croisées. Une curieuse queue de cheval partait du sommet de son crâne et retombait au milieu de son front. Ses yeux en amande sous des sourcils inexistants voyaient les mystères cachés sous les réalités. Une bouche rouge en forme d'arc contrastait avec son visage pâle qui avait oublié le soleil. Il régnait une atmosphère de magie autour de cet homme qui, en un éclair, semblait capable de se transformer en dragon. Il était enroulé dans un simple pagne de coton marron.

Lorsque Siddharta s'approcha, Rudraka se leva et s'inclina profondément, les mains jointes. «Il y a long-temps que j'attends l'Éveillé.» Sa voix était douce et elle se perdit dans les profondeurs de la caverne.

« Le maître Alara m'a envoyé. J'ai médité et me suis affamé. Le jeune homme était impressionné par la beauté qui les entourait. Je me suis privé de mes sens ; j'ai dominé les désirs de mon corps. Avant que ma quête ne com-mence, je suis allé au-delà de mon corps, de mon esprit, de ma conscience en tant qu'individu, mais je n'ai pas réussi à me fondre dans l'océan du grand tout, comme je sais que je peux. Et cet océan est là qui m'attend», termina Siddharta avec regret.

Rudraka sourit en l'examinant. Devant lui se tenait un jeune homme radieux de qui émanait une lumière commen-çant juste à briller.

«Il y a un danger. Cet océan dont tu parles est au-delà du néant. L'océan n'a ni lieu, ni temps, ni point de référence ; tout devient relatif.»

Siddharta inclina la tête d'un air entendu. Rudraka lui fit une place à ses côtés et, comme par magie, le reflet du jeune homme se matérialisa dans l'ombre. Fasciné, il faisait face à lui-même.

«Première souillure : celle de la maladie.» La voix de Rudraka sonnait mystérieuse dans le noir. Avec une préci-sion effrayante, l'image réfléchie de Siddharta se trans-forma. Son visage qui respirait la santé se déforma comme sous l'effet de toutes les maladies. Des furoncles, des cicatrices et des blessures profondes et béantes déchirèrent son corps parfait. En dépit de la terreur qui le gagnait, Siddharta se concentra et ne laissa pas envahir son esprit par ces sensations.

« Seconde souillure : la vieillesse.» De nouveau, l'image de Siddharta se transforma : le visage perdit les couleurs de la jeunesse et devint gris et cireux. Sa peau ferme s'assécha et se plissa en rides innombrables, flasque et terne : telle est la fatalité de la condition humaine, la décrépitude et l'effondrement. Siddharta considéra son avenir sans ciller devant ces transformations de son moi, sachant que ce n'était qu'une illusion puissante mais temporaire. Il contempla fermement cette image, la refusant de toute sa volonté.

Rudraka était satisfait.

« Troisième souillure : la mort.» Sa voix baissa tandis que l'obscurité de la grotte retombait sur la conscience de Siddharta. Rapidement, l'image se décomposa. Siddharta assista à la destruction de sa propre chair. Il resta serein, cependant que ses traits devenaient verts, transparents et se dissolvaient, tandis que le froid gagnait sa moelle, ses bras, ses jambes, que son sang cessait de circuler et que son cœur s'arrêtait.

Siddharta éprouvait la rigidité de la mort, le dernier spasme avant que l'âme ne s'échappe, l'obscurité et la lumière, le gouffre qui s'ouvrait, la pourriture de la chair. Le souvenir des yeux d'un soldat lui disant adieu revint à son esprit, mais Siddharta restait ferme dans sa résolution jusqu'à ce que soudainement l'image du soldat se transforme en celle de Yasodhara se consumant. Une vague de douleur faillit le submerger, et il la combattit de toutes ses forces. Malgré tous ses efforts pour dissimuler ses réactions, elles n'échappèrent pas au yogi qui en tira ses propres conclusions.

« Le corps est le problème », souffla Rudraka.

Les nuits se suivaient dans une éternelle obscurité.

Rudraka enseigna le yoga qui permet de contrôler le monde intérieur. Siddharta maîtrisa rapidement cette discipline. Il absorbait avidement toutes les connaissances et en faisait des instruments au service de son propre but.

L'élève était assis les jambes croisées, absorbé dans sa méditation, lorsque Rudraka se dressa derrière lui, les mains au-dessus de la tête de Siddharta, paumes vers le bas. Les eaux des lacs souterrains bruissaient doucement dans la caverne et la voix du yogi semblait s'harmoniser à ce bruit.

« Les éléments du corps sont la terre, le feu, l'air, l'eau et l'éther. Veux-tu aller au-delà ?

– Je le veux, répondit Siddharta, les yeux toujours clos.

– Alors, regarde à travers mon œil, ordonna Rudraka. Pénètre la claire lumière, là où la terre se mêle au feu. »

Siddharta pratiqua les techniques de relâchement que lui avait enseignées Rudraka au cours des semaines précédentes, suspendant toute agitation.

« Pénètre dans la claire lumière, là où l'air se mêle au feu », poursuivit le maître, guidant le jeune homme.

Siddharta s'immergea dans son propre être, sentant tous ses nerfs qui vibraient comme le tonnerre annonce l'éclair. Il continua à se concentrer jusqu'à atteindre le stade où s'apaisait tout bruit ou activité et où il semblait contrôler chaque atome de son corps.

« Pénètre la claire lumière, là où l'air se mêle à l'eau », ordonna le yogi dont la concentration suivait celle de son élève et qui l'accompagnait à chaque stade de sa volonté. La respiration de Siddharta s'arrêta presque complètement. Maintenant la circulation de son sang était quasiment maîtrisée et comme arrêtée par sa volonté.

« Es-tu parvenu au-delà ?

– Oui, maître.

– Alors, poursuis encore et pénètre dans la claire lumière de l'éther immobile. »

Siddharta pénétra dans cette lumière, et soudain il découvrit un océan, un océan immense d'un bleu profond dont les eaux recouvraient tout. Il sentit que ses pieds se déplaçaient d'eux-mêmes dans les eaux bouillonnantes qui montaient sans cesse. Au moment où elles atteignaient ses genoux, il s'évanouit. Et il parcourut à l'envers tout le chemin accompli à la vitesse de la lumière et se retrouva pantelant au sol.

« Je ne puis te guider que jusqu'au stade où tu peux pleinement contrôler ton esprit et ton corps, dit le yogi. Jusqu'au point où tu es capable de séparer ton âme de ton corps. Au-delà de cette limite, tu dois cheminer seul ; tu seras le premier à aller si loin et tu nous dépasseras tous, Shakyamouni, le fils des Shakyas. »

Siddharta regarda son maître qui se dressait, fier d'avoir contribué à le guider si loin. Siddharta devait repartir, toujours sans réponse à ses questions, la magie de sa nouvelle connaissance l'emplissant de plus de lumière encore.

Il prit son bol de mendiant et sortit par le tunnel qui conduisait au monde extérieur. Rudraka le regardait, heureux d'avoir pris une part dans l'effort qui mènerait Siddharta à son illumination finale.

Au moment où il approchait de la sortie du tunnel, Siddharta se retourna et remercia son instructeur d'un sourire, tandis que celui-ci s'inclinait profondément, mains jointes, en signe de respect pour ce qu'allait devenir le jeune homme.

Siddharta sortit enfin de la grotte et cligna des yeux en retrouvant la lumière oubliée du soleil. Les couleurs du monde animées par ses rayons donnèrent à l'ascète le plaisir de se retrouver sur la surface de la terre. Seul, son bol de mendiant à la main, il marcha de nouveau vers des horizons toujours changeants. La vie était partout autour de lui. Il traversa des régions sèches et désertes où des lézards couraient sur le sable brûlant. Son corps domina la privation d'eau et de nourriture. Il y avait longtemps que le climat ne l'affectait plus et qu'il était indifférent au froid ou à la chaleur. Ses pieds avançaient toujours, automatiquement, tandis que ses émotions et ses pensées tendaient vers le même but.

Le temps passant, le paysage changeait et Siddharta progressait toujours. Les arbres généreux lui offraient des mangues mûres et de doux fruits. La terre était couverte de baies et d'herbes.

Un peu plus tard, Siddharta vit un parc magnifique où coulait une claire rivière entre des rives couvertes de mousse. Il plongea les mains dans l'onde et s'aspergea le visage d'une eau fraîche qui lui parut délicieuse. Cette clarté et cette sensation de froid sur sa peau stimulèrent son esprit. Il leva la tête et contempla le monde qui l'entourait. Au milieu de cette nature vivante se dressait un vieux figuier, aussi solide que les cieux, aussi ferme que la terre. Ses branches répandaient une ombre plaisante et fournissaient un abri contre la chaleur étouffante. Ses racines tortueuses s'étendaient alentour.

Séduit par sa puissance et sa beauté, Siddharta traversa la rivière peu profonde et se dirigea vers l'arbre. Quand il fut sous ses branches, une certitude emplit son être.

Les feuilles qui se balançaient et la Nature bienfaisante lui parlaient doucement à travers le vent, lui disant que c'était là le lieu où s'arrêter pour atteindre l'Éveil. Siddharta prit conscience des forces en œuvre et s'assit au pied de l'arbre dans la position du lotus.

Il ferma les yeux, absorbant progressivement le monde extérieur et se préparant à affronter l'ultime étape de sa recherche.

Nuits et jours passèrent, tandis que Siddharta restait assis sans faillir, toujours à l'ombre de l'arbre protecteur. Il s'approchait du moment où son corps et son esprit, purgés par le temps et l'entraînement, seraient assez purs pour qu'il puisse atteindre l'Illumination.

La connaissance de ce processus qui s'accélérait parvint jusqu'au royaume de Maya. Le maître de l'Illusion, le seigneur de la Vie, de la Mort et des Sens fut averti que son règne était menacé d'un grave danger. C'était une atteinte à la vie elle-même, la vie qui n'était conçue et détruite que par sa grâce. Furieux que la vie, la procréation et le cycle de la continuité puissent ainsi être bouleversés par Siddharta qui était sur le point d'atteindre au nirvana, Maya se dressa pour préserver la Vie sous sa forme existante.

Les feuilles frémirent quand une créature transparente pleine de beauté se présenta devant Siddharta. C'était une forme où la splendeur de la Vie prenait des aspects multiples : l'amour de la vie, la joie de tenir l'être aimé, le bonheur qu'apporte un enfant, la fusion du mariage, Yasodhara, vivante, rieuse et amoureuse. La forme changeante s'avançait vers Siddharta, l'invitant à ses plaisirs.

Siddharta ouvrit les yeux et reconnut ce qu'il savait déjà n'être que l'apparence de Maya. Sans manifester d'intérêt, il ferma les yeux, refusant l'invitation.

Surpris et déçu, Maya décida d'essayer d'autres moyens de persuasion. Avec un cri de rage, il déchaîna toutes les forces des peurs et des vices contre Siddharta qui se transformait devant ses yeux. La terre trembla quand des monstres hideux, des géants, des nains aux ongles longs et acérés et des fantômes se jetèrent sur l'homme en méditation, brandissant des arbres déracinés, des ossements, des crânes, des éclairs. Maya lui-même, chevauchant un monstre marin, décochait flèche sur flèche contre Siddharta qui restait toujours immobile sous son arbre.

La puissance accumulée de la volonté de Siddharta et tous ses mérites passés créaient autour de lui un champ de forces qui le protégeait contre toutes ces attaques. Les os, les crânes et les flèches se transformaient en fleurs au moment de toucher la barrière invisible qui l'entourait.

Calmement, Siddharta demeurait assis, serein en dépit des tentations et des menaces.

Une fois que Maya eut épuisé toutes ses ressources, Siddharta ouvrit les yeux et le regarda. Il saisit la vision qui s'étendait devant lui sous toutes ses formes, ses yeux bleus perçants brillant de son changement intérieur.

« Non, Maya, dit-il d'une voix douce. Tout en toi est illusion et je te rejette. »

Triste et découragé que Siddharta refuse de s'abandonner au règne de la vie et de la mort, sachant que désormais son pouvoir serait soumis à une autre loi, Maya plaida pour lui-même. Après tout, lui aussi avait fait de tels sacrifices, tant donné, fait tant de bien, celui que la vie elle-même pouvait donner chaque jour, chaque mois, chaque année... Que pouvait-il y avoir de mieux ?

Le prince, au bord de l'Illumination, comprenait la condition du dieu. La pitié l'envahissait, car même Maya était victime de ses propres lois. Et le dieu continuait de réciter les manifestations de sa bonne volonté, de ses œuvres. Il était vrai que, jour après jour, une bonne part du Bien qui existait était dû à son pouvoir. Et les légions de Maya pourraient porter témoignage de ses mérites innombrables.

Maya regarda l'homme solitaire sous les branches du figuier. Personne n'était là pour le défendre et pour certifier les mérites de Siddharta ni pour attester de sa supériorité.

Un sourire de satisfaction se répandit sur le visage de Maya. « Tu es vaincu. Il n'y a ici personne pour te soutenir. »

Seul, Siddharta ne pouvait répondre, mais le vent murmura à son oreille, et les arbres et les plantes lui révélèrent leur beauté. Inspiré, Siddharta sourit à Maya et rétorqua : « Je prends la terre à témoin ! » Avec confiance, sa main toucha le sol, faisant appel à la Nature qu'il avait toujours vénérée et protégée.

Le sol s'ouvrit et la Mère Terre, la mère de tout, apparut sous la forme d'un torse géant. Des fruits rouges ornaient sa poitrine, du blé et de l'orge formaient sa chevelure et le vert des prairies dansait dans ses yeux. D'une voix douce et égale, elle prit la défense de Siddharta :

« Je porte témoignage du désintéressement de cet homme maintenant et au cours de ses nombreuses existences antérieures, et de tout le désintéressement dont il a fait preuve au cours des temps. »

Vaincu, Maya soupira et disparut. Sa silhouette fluide s'enflamma et disparut, ainsi que ses terribles légions. La fuite des hordes du Mal toujours présentes d'une façon ou d'une autre libéra Siddharta des derniers obstacles du désir et de la faute. Le jour brûlant s'achevait, et le crépuscule tombait sur l'homme seul en méditation. Le figuier étalait ses ombres immenses autour de lui, tandis que, simultanément, se levait la pleine lune et que sa lumière douce baignait toute la Nature, les arbres, les rivières et les villages alentour déjà endormis. Doucement, la lune rayonnait pour éclairer la transformation de Siddharta qui allait devenir le Bouddha, l'Éveillé.

Siddharta attendit, conscient que la réponse était au plus profond de lui, accessible par l'intuition, pourvu que l'essence de son âme soit pure et capable de refléter l'Univers aussi parfaitement qu'un miroir. Les étoiles brillaient au firmament.

L'intensité de l'effort mental de Siddharta ouvrit son troisième œil. Comme un rayon, l'œil rechercha à travers l'infinité de l'espace, puis celle du temps. Siddharta contempla la condition de tous ses frères humains, luttant pour naître et renaître quelle que soit leur caste ou leur absence de vertu.

Il fallait explorer le passé : Siddharta se remémora toutes ses existences et celles de ses frères mortels. La question de la cessation de souffrance revint, exigeant une réponse. Chacun savait que la cause produisait l'effet – Asvapati lui avait enseigné cela –, mais il y avait autre chose.

Et la réponse se formait elle-même dans la compréhension de la chaîne des causes et des effets.

Quelle était la cause du vieillissement et de la mort ? Siddharta se concentra et la réponse se présenta à lui : il y a vieillissement et mort parce qu'il y a naissance. La vieillesse et la mort sont des effets de la naissance. Quelle est la cause de la naissance ? La naissance est l'effet de l'existence. Quelle est la cause de l'existence ? L'existence est l'effet des attachements. Quelle est la cause des attachements ? Les attachements sont l'effet du désir. Quelles sont les causes du désir ? Le désir est l'effet de la sensation.

Quelle est la cause de la sensation ? La sensation est l'effet du contact. Quelle est la cause du contact ? Le contact est l'effet des six sens. Quelle est la cause des six sens ? Il y a six sens parce qu'il y a des corps et des individualités. Quelle est la cause du corps et de l'individualité ? Le corps et l'individualité existent parce qu'il y a perception. Quelle est la cause de la perception ? Il y a perception en raison des dispositions héréditaires et karmiques. Quelle est la cause des prédispositions héréditaires et karmiques ? Elles proviennent de l'ignorance. Les prédispositions héréditaires et karmiques sont l'effet de l'ignorance.

«Oui, pensa Siddharta, ouvrant les yeux sur les étoiles, l'ignorance est l'origine de notre condition. Quels temps horribles nous vivons ! Une multitude de dieux tous enchaînés. Mahabali le Renégat m'a montré une nouvelle approche inconnue de notre époque. Mais cela ne suffit pas. Non, c'est l'addition du savoir, de la science, de la sagesse, de l'intelligence et du troisième œil. Tout cela doit être réuni, mais cela ne s'est pas encore fait. Ensemble, tous ces éléments apportent la connaissance, et alors vient l'intuition.

«Oui, pensait Siddharta, les réponses deviennent plus claires. Pourtant, si j'inverse ce processus, j'arrive à la conclusion que le désir nous mène de la naissance à la renaissance, de la souffrance à une souffrance future. En étouffant le désir, nous pouvons empêcher la naissance et la souffrance. Pour étouffer le désir, il nous faut mener une vie vertueuse, et alors nous échappons à la naissance et à la souffrance. Et tout cela parce que l'ignorance est à la racine. Supprimer l'ignorance, c'est supprimer les prédispositions héréditaires et karmiques. Supprimer les prédispositions héréditaires et karmiques, c'est supprimer la perception. Supprimer la perception, c'est supprimer le corps et l'individualité. Supprimer le corps et l'individualité, c'est supprimer les six sens. Supprimer les six sens, c'est supprimer le contact. Supprimer le contact, c'est supprimer la sensation. Supprimer la sensation, c'est supprimer le désir. Supprimer le désir, c'est supprimer les attachements. Supprimer les attachements, c'est supprimer l'existence. Supprimer l'existence, c'est supprimer la naissance. Supprimer la naissance, c'est supprimer la vieillesse et la mort.

« Ainsi, voici mes réponses : voilà la souffrance et voici l'origine de la souffrance, voici la suppression de la souffrance, voici la route qui nous mène à la suppression de la souffrance. »

Le matin, la lumière de l'aube commença à colorer le ciel, annonçant un beau jour. Les étoiles en leurs multiples configurations, les planètes lointaines, le soleil et la lune, tous brillèrent à l'unisson en cette seconde de parfaite harmonie où le monde se tient en équilibre entre le jour et la nuit.

Le Bouddha se leva, refusant de laisser l'humanité dans sa misère pour connaître le nirvana. À cet instant, il aurait pu choisir de rester en cet état de grâce, mais il avait décidé d'attendre pour pouvoir partager ce qu'il avait découvert avec les autres hommes. Il se mit en route pour prodiguer son enseignement, en route pour Varanasi.

CONCLUSION

L'Éveillé

«Regarde-le.» Totalement abasourdi, Ananda donna un tel coup de coude à Chandaka qu'il manqua le faire tomber. Tous deux avaient fait un long chemin, depuis le royaume des Shakyas jusqu'au parc de Veranasi, pour voir leur bien-aimé Siddharta que tous appelaient maintenant le Bouddha. L'Éveillé.

Ils s'assirent parmi la foule venue de partout aux alentours : hommes, femmes, enfants... Des nobles dont les turbans luisaient de rubis, des artisans aux mains calleuses, des guerriers en armes, des membre des basses castes, les bourreaux reconnaissables à leur longue chevelure, des bouchers. Chacun s'était installé, impatient d'entendre le discours de ses propres oreilles.

Les oiseaux chantaient. Le parc où s'était rassemblée la foule était agréable : de l'herbe tendre entourait les manguiers, des papillons volaient entre les fleurs orange épanouies. Odorants et colorés, les longs pistils des nénuphars se dressaient à la surface d'un bassin proche. Des cygnes au long cou, suivis de leurs petits, glissaient sur les eaux. Un puissant parfum de printemps envahissait tout.

Un couple de daims aux yeux bruns regardaient dans la même direction, tremblants, prêts à déguerpir à la moindre alerte. L'objet de leur attention était une butte de terre sur laquelle se tenait un homme qui paraissait briller dans la lumière du jour. Ses cheveux étaient attachés dans son cou et ses yeux reflétaient qu'il était celui qui savait.

L'attention générale était fixée sur cet homme. À sa grande surprise, Ananda reconnut la robe rouge que portait Siddharta le jour de leurs adieux et qui était maintenant devenue orange tant elle était décolorée par le soleil.

« Comme il semble étrange dans cette vieille dhoti, sans rien qui rappelle sa gloire, ni les bijoux qu'il portait et dont il était si fier. Et cette lumière qui l'entoure... c'est magique », chuchota Ananda.

De fait, l'homme n'était plus depuis longtemps Siddharta, mais quelle présence extraordinaire ! Il était le Bouddha.

« Quoi qu'il ait appris, quoi qu'il ait fait, il a certainement changé », constata Chandaka.

Le silence tomba au moment où le Bouddha réunit ses pouces et ses index pour former une sorte de roue, signe qu'il était prêt à parler.

« Tout est consumé ! Tout brûle ! » Sa voix basse mais puissante pénétrait dans les oreilles de chacun, de partout et de nulle part. « L'œil brûle avec ce qu'il regarde. L'oreille brûle avec ce qu'elle entend. La peau brûle avec ce qu'elle touche. Tous les sens et l'esprit se consument de désir, de haine, d'illusion, de naissance, de chagrin et de mort. Tout est souffrance. La fin de la souffrance est possible ! Nous pouvons triompher de tous nos attachements, de toutes nos passions qui nous font nous accrocher à l'illusion. Nous pouvons vivre délivrés, plus hauts que les dieux. Les Quatre Nobles Vérités mènent au salut – naissance, déclin, maladie et mort sont souffrance. Notre existence est souffrance. »

Ananda tenta de tout se rappeler exactement. Le vieux roi Suddodhana voudrait un rapport précis et une description détaillée de tout ce qu'ils auraient vu et entendu. Il aurait tant voulu venir, mais il était maintenant âgé et fatigué, trop usé pour un tel voyage. Entre-temps, Asvapati et lui pourraient rester assis à se taquiner comme ils aimaient le faire. Ananda pensa que le mélange des gens qui composaient l'auditoire était surprenant : il y avait toutes les castes, toutes les races, tous les âges et toutes les origines. Si Asvapati le brahmane avait pu voir cela. « N'est-ce pas étonnant ? interrompit Chandaka. Regarde-les tous en train de suivre cet homme qui était notre ami, le fils de Suddodhana. »

« La vérité de l'origine de la souffrance est l'attachement avec lequel les hommes s'accrochent à l'existence du Moi, à la naissance et à la renaissance, continua le Bouddha. Aux désirs du "Je suis, j'ai besoin, je veux...". L'attachement à préserver ce qui ne peut pas durer, la vie, la jeunesse, et à ignorer ce qui est le plus important. La vérité de la guérison de la douleur consiste à refuser l'attachement en détruisant totalement le désir. »

Le cœur d'Ananda était encore lourd. Les Shakyas, sa famille, ses amis étaient tous partis. Petit à petit, les paroles du seul ami qui lui restait en dehors de Chandaka le consolaient. « Je dois le rejoindre, pensait Ananda, au moins je serai avec lui. Je peux l'assister, le suivre et chercher également l'Éveil. »

« Prenez garde au karma qui détermine votre future destinée, reprit le Bouddha. Comprenez comment vos actes peuvent et vont influer sur le devenir éternel. Et voici la troisième noble vérité : suivez l'octuple sentier qui mène à l'abolition de la douleur. Soyez attentifs et pénétrez-vous de l'essence de la condition humaine. Dites la vérité... Que chacune de vos actions soit dirigée contre ce qui est erroné et pour ce qui est juste. Choisissez un métier qui vous laisse vous préserver de toute souillure. Soyez vigilants envers vous-mêmes et apprenez à méditer en pratiquent le yoga correct. Que vos sentiments soient exempts de toute malveillance, de toute cupidité ou de toute colère. Que votre parole soit pure. Ne croyez pas une chose uniquement parce qu'elle a été dite par un homme sage. Ne croyez pas une chose parce qu'elle est généralement admise, parce qu'elle est écrite, parce qu'elle est réputée divine ou parce que quelqu'un d'autre la croit. Ne croyez que ce que vous-mêmes jugez être vrai. Vous n'avez pas besoin d'un brahmane pour se tenir entre vous et votre but.»

Les paroles du Bouddha continuaient à couler, compréhensives, pleines de compassion, invitant chacun à choisir la voie du Milieu, ni l'austérité la plus extrême, ni la voie du plaisir et de la sensualité, mais une voie que l'homme est capable de suivre.

Écoutant attentivement chaque mot, Ananda s'inquiétait des implications de ce discours. Les brahmanes qui contrôlaient le pays ne l'aimeraient pas. Il fallait qu'il protège son ami, Bouddha ou pas. Avait-il seulement conscience des réactions qu'il allait provoquer, des conséquences de ces mots? Tous les puissants seraient contre lui. Mais cela valait toutes les batailles à venir.

«Vous avez votre propre chemin et il n'y a personne qui puisse vous y précéder et vous proposer toutes les réponses, disait le Bouddha, regardant chacun avec bienveillance. La vie est une découverte de chaque instant. Chacun de vous doit voir l'Univers qui est en lui. Chacun de vous crée une réalité et en est responsable.»

Du milieu de la foule un homme se leva et marcha jusqu'au Bouddha, bafouillant, incapable de trouver ses mots : «Éveillé, aide-moi à comprendre. Peut-être peux-tu décrire...»

Il finit par se taire.

Avec un sourire rayonnant, le Bouddha se pencha et arracha une fleur. Sans un mot, en un geste plus clair que ne pourraient l'être des paroles, il tint la fleur à mi-hauteur comme un message.

Souriant, il se détourna de l'homme vers l'assistance : «Soyez votre propre lumière.»

Ananda ne pouvait détacher ses yeux. Regarder à l'intérieur de soi. Comme c'était extraordinaire. Il avait raison. Oui, les brahmanes hurleraient, mais le Bouddha avait une telle force que cela importait peu. Il sourit à son compagnon d'autrefois.

Le jour finissait. L'ombre du Bouddha semblait grandir, s'étendre à travers le parc, tout recouvrir. Bientôt cette ombre recouvrirait tout le pays. Comme il se levait face au soleil, une lueur orange éclaira sa silhouette de la lumière de la vie.

TABLE DES MATIERES

Je voudrais remercier :
Mon éditeur Nicole Lattès qui m'a fait confiance.
Manoli Olympitis qui a lancé le projet et Larry Collins et
Jean Rosenthal qui lui ont permis d'exister. Peter Pramlof
pour son intégrité. Georg Ackerman, médecin et chercheur
formidable à qui je dois tant. Jacques et Véronica Arax qui
les premiers ont cru en moi. Chantal et Eckerhart Behncke,
toujours présents pour moi. Barbara et Robert Bradford
pour leur merveilleux soutien, gentillesse et générosité.
Béatrice Thoma pour sa sincérité et sa profonde amitié.
Gilles et Lisa Sinclair pour leur tolérance et leur hospita-
lité. Cho-Cho et toute sa famille. Susan Cohen, Chantal
Cerutti, Susan Zito, Frau Neudeck, Andrea Weidler et Jill
Weissman pour leur aide inestimable. Clayton Halsey pour
sa loyauté et sa bonne volonté. Mes chères Hilde Klein et
Vera. Peter Dekom pour son aide amicale. David Dunlap
qui aurait tout fait pour moi s'il avait pu. Egon Von Furs-
tenberg pour tant de choses, y compris de m'avoir fait partager son plaisir de vivre. Mme Hansen-Love pour m'avoir
fournit un modèle de force et de compassion. Ludmilla et
Zoe Kohlmayer, Bill et Priscilla Panzer et Stephen Barber
pour leur soutien. Katia Medioni pour son affection.
Chrystiane Pires pour son affection inconditionnelle. Éric
Rochat, et son talent pour transmettre la culture avec
humour. Mayan Ryan de Rossi, pour une période particu-
lière de ma vie. Le prince Schwarzenberg pour son aide

généreuse. Shirasu-san pour son aide, son appui et ses commentaires pleins d'humour. Micheal et Luciano Solomon, Susie Landau, Nabila Khashoggi, Estella Arias et Pierre Mandereau, Deborah Karafani, Claude Challe et Julie Chrystyn pour leur amitié et leur soutien. Betty Wu pour sa confiance totale et son affection.

Pour un million de petites choses, je suis également reconnaissante à Anne Favier et toute l'équipe de NiL de leur patience. Diane Desseigne, Pierre Michel Barron, David Guc, George Weiss, Elias Eljure, Dorothy Long, Diana Gonzales, Kristofer Lacarrere, Khirat et Tony Young, Marc Jenny, Suzan Chirazi, Caroline Loeb, Mme Cerutti, Isabelle Trahtenbrois, Christian Bouveron, Albion et Jane Gee, Maria Monreal et enfin Alexander Salkind pour leur expérience pleine d'enseignements.

Pour le passé, je remercie Nada Krstulovic-Figlhuber, Nicole Seguin, Laura Weisberg, Yamashina-san, Marie Ryan, et Christian Halsey Salomon.

Un hommage tout particulier au professeur Bareau.

Cet ouvrage a été réalisé par la
SOCIÉTÉ NOUVELLE FIRMIN-DIDOT
Mesnil-sur-l'Estrée
en mai 1996

Imprimé en France
Dépôt légal : mai 1996
N° d'édition : 96 PE 50 - N° d'impression : 34622
ISBN : 2-84111-050-8